U0023850

星術少女

曾珮琦著

自序

這部《星術少女》歷史奇幻小說，是我在參加倪采青老師所開設的大眾暢銷小說文創人才養成營第二期時繳交的課堂作品，雖然說是作業但卻不是我創作的第一本小說。在此之前，我已經創作過十部中長篇小說，雖然歷經了許多次的屢投不中的挫折，仍未讓我放棄對於小說創作的熱愛。當時《星術少女》就獲得倪采青老師的稱讚，在老師悉心的指導下，我將原本作品中的問題悉數改進，雖然稱不上完美，但算是我在小說創作路上一個重要的里程碑。可以說這《星術少女》是我第一本有小說意識創作的小說，是真正的把它當作是創作小說來寫，而非只是滿足於個人幻想的作品。

我相信對於與多熱愛小說創作的朋友來說，在剛開始寫小說的時候，如果沒有閱讀過任何有關如何寫暢銷小說的書籍之前，一定是和我一樣，只想把腦中想像出來的人物按照自己喜歡的樣子寫出來，情節也是按照自己喜歡的去編排，然而這樣的作品與那些被人們奉為經典的佳作是有天壤之別的。想要創作出一本膾炙人口的小說，是要花費一番工夫，包括對於世界觀要有清楚的設定，每個人物性格都要能確切地掌握，而且有些教人寫小說的書還會建議要為人物寫自傳，我的確也試過這樣做，不得不說這的確需要花費很多時間，光是為書中主要角色寫自傳，就得寫上許久，而且一個人物的自傳可能就有幾千字的篇幅。小說人物是虛構的，你要把他寫得栩栩如生，就必須把他所有的細節都想清楚，而想清楚最好的辦法就是寫出來，包括他的身世背景、種族文化、興趣愛好、身體特徵等等。上述這些都還只是準備工作，全部完成之後，還要寫分章大綱，以前我剛開始寫小說時完全是隨興而至，想到哪裡就寫到哪裡，而自從上了倪采青老師的課之後，我才知道要寫出一本精彩的小說，是必須寫一個完整的大綱，只有把所有情節都想清楚了，你才會發現故事架構本身的問題，然後予以修正。最後一個步驟，才是開始寫作，相信我，等你做完這些準備，或許你已經不想寫這本小說了。

《星術少女》是我嘗試結合歷史和奇幻的第一本小說，因為女主角是虛構的人物，要讓她成為歷史中一個活生生的人，我可是煞費苦心的鑽研史實資料，特別是女主角的年齡要能與歷史事件對得上，就已經足夠讓我焦頭爛額了。這部小說我個人覺得最成功的地方就是女主角月璃性格上的轉變，我認為這並不是一件容易做到的事情。

說了這麼多，是想給喜歡小說創作又不知如何下筆的朋友們一個參考，寫小說也許並非諸位所想的那樣輕鬆且愉快，我認為只比碩士論文輕鬆一點而已。希望大家喜歡我這本小說，也希望藉由《星術少女》能帶給大家一些生活上的啟發，祝大家有個愉快的閱讀時光。

最後，感謝倪采青老師的指導，並很榮幸得到老師的推薦。

曾珮琦　序於台北

二〇二二年八月

目次

第一章

白髮紫瞳

（一）

當人們抬起頭仰望星空的時候，是否曾想過這燦爛如同鑽石般的星子背後可有著什麼樣的涵意？每一顆星星都代表一個人，有些人注定是無名小卒，默默無聞，屬於他的星星的光芒就微弱得難以被人看見；有些人注定成為一代叱吒風雲的英雄人物，在他發跡之前星星黯淡無光，一旦他發跡，星星的光芒就耀眼得如同白晝。

星星的祕密，不是每個人都可以窺探得透，只有極少數擁有能夠窺探未來的人才能準確的預知，這種人稱為星術師。

他們不是歷史洪流的改變者，而是見證者。

月璃出生的那一年，剛好趕上一個動亂的年代，秦國剛剛滅了魏國，到處都在戰爭，老百姓人人自危，深怕無情的戰火就要燒到自己的國家。

在南方楚地，有一戶姓月的平凡人家，今天月夫人剛剛誕下一名女嬰，照理說這戶人家應該普天同慶才對，卻聽聞夫人房裡突然傳來一聲尖叫。

「啊！」生產後身子虛弱的月夫人，躺在床上勉強坐起身，要產婆把她剛生下來的女兒抱來給她瞧，誰知道她一接過嬰兒，就驚慌得大叫一聲，差點沒把嬰兒給摔落在地。

產婆趕緊接過女嬰，以免月夫人過度驚慌而摔傷了嬰兒，她瞧了被紅布包裹著的女嬰一眼，這孩子正以一雙宛如紫色寶石的雙眸盯著她看，連她都倒抽了一口氣，怪哉！怎麼會有嬰兒的眼睛是紫色的，莫非是妖怪托生的？難怪月夫人差點摔了孩子。

「發生了何事？」在門外聽見尖叫聲的月河，也不顧得女人生產男人不得觀看的習俗，趕緊推開門走了進來，他原以為妻子是因難產而發出的尖叫聲，但當他瞧見坐在床邊臉色慘白的的妻子時，才發現是自己猜錯了。

他走上前去溫柔的摟著驚慌失措的妻子，耳畔傳來嬰兒的啼哭聲，他心中一陣歡喜，他的夫人終於又為家裡添了一名嬰孩。

「老爺……那……那孩子是個妖怪。」月夫人以顫抖的手指向被產婆抱在懷中的嬰兒，她臉上血色褪盡，若是不知情的人還以為她是產後虛弱所致。

「胡說，咱們家的孩子怎麼會是妖怪？」月河不相信這莫名的指控，他走到產婆面前接過了孩子一瞧，這女嬰的雙眼還真的有幾分詭異。這個孩子並不是他們的頭一胎，她上面還有一個五歲的哥哥和一個三歲的姊姊，可是前兩個孩子都還很正常，為什麼偏偏這個就這麼奇怪？難道說是月夫人懷孕的時候衝撞了什麼嗎？

女嬰啼哭不止，料想是被剛才月夫人那驚聲一叫給嚇到了，方才產婆雖然不斷的拍打著女嬰的背部，安撫她，啼哭聲依然沒有停止，直到被月河抱在懷裡時，才止住了哭聲。

「夫人，妳瞧，這孩子和我很投緣呢！被我一抱就不哭了。」月河得意的朝妻子笑了一下，他輕輕拍打著嬰兒的背部，還不時扮鬼臉逗弄她，絲毫沒把她那雙異於常人的瞳色放在心上，再怎麼說都是自己的女兒，總不能丟棄街頭置之不理吧。

「老爺，你不要開玩笑了，說什麼投不投緣的話，這孩子分明是妖孽，趁天還沒亮趕緊把她抱出去丟了吧！」月夫人把頭轉過去，連遠遠望那孩子一眼都不肯，她認定這孩子一定是不祥之兆，即便是自己懷胎十月所生，也不敢留下。

「把她丟了？夫人，妳說得這是什麼話？就算她是個妖怪，也是咱們兩個的骨血，豈能任意丟棄？況且，我看這孩子也只是眼睛的顏色與常人不同，其他的都與一般嬰兒無異，只要我們兩人好好教導她，相信她能和正常人一樣生活。」月河把嬰兒抱到妻子面前，又道：「妳再看清楚些，其實她沒有這麼可怕，是不是？」

「這……」月夫人終於鼓起勇氣，再次望了那孩子一眼，那嬰兒朝她笑了笑，稚子天真無邪的笑容讓她的心軟了下來，又道：「好吧，既然老爺都這麼說了，那就把她留在咱們家吧。」

「呵呵，如此甚好。」月河高興的瞧了懷中的女嬰一眼，剛才想起來還沒為她命名，靈光一閃就說：「以後就叫她璃吧，夫人認為如何？」

「月、璃。嗯，這名字挺好的。」月夫人點點頭，臉上終於露出了笑容，表示她願意接受這名嬰兒。

月河體諒妻子分娩辛勞，就把嬰兒抱回自己屋裡，途中經過庭院時，偶然抬頭瞥見天空懸掛的月亮竟然是紅色的。

傳聞紅月異象象徵不祥之兆，難道這孩子真的是凶煞之命嗎？

雖然月河從不相信命運之說，也就沒把這件事放在心上。

（二）

轉眼之間，月璃已經五歲了，長成一名小女孩。

秦始皇也統一了六國，老百姓以為戰爭結束了，誰知道真正的暴政才剛要開始。

月璃長大之後更加怪異了，許多同年齡的小孩都在背後取笑她，連那些小孩的父母也常在她身後指指點點。

大家都說月家三小妹是個怪女孩，沒有烏黑的頭髮，反而有著一頭發亮的白髮，襯上她紫色的雙瞳，簡直成了妖怪。

月璃的兩位哥哥姊姊，也因為她的相貌異於常人，在外面都不敢承認他們有個這樣怪異的妹妹。而月夫人更怕外人指指點點，所以把她關在家裡，不許她出門。

月璃自小就和其他的孩子不一樣，她從小就不愛哭鬧，別人罵她、打她都不曾哭過一聲，連笑也很少。月河平時在村子裡教書，下課回家有空也會教她讀書寫字，月璃因為行為受到管制，也索性的乖乖待在家裡，沒事就關在書房讀書，她三歲的時候就會背誦《論語》和《周易》了。

說也奇怪，月璃這孩子就像天賦異稟似的，任何書只要讓她讀過一遍，她就能朗朗上口，記得一字不差。她對於歷史特別感興趣，總喜歡跟父親談論那些歷史上有名的人物，這點常常讓月河倍感頭痛。

有些話題是禁忌，特別是在那個敏感的年代。

秦始皇剛剛統一六國，一直擔心六國遺民會有反叛之心，所以派遣探子潛伏在各處角落，只要一有人說對秦皇大逆不道的話，第二天就會從人間澈底消失，所以老百姓都人人自危，平時閒來無事都不敢隨意談論政治。

這種不安的氛圍，年僅五歲的月璃絲毫感受不到，她只想瞭解她既感興趣又不解的事物。

「爹，韓非為什麼會被殺？」

「皇帝陛下為什麼要統一六國文字？」

「為什麼當今的皇帝是秦始皇？」

前兩個問題其實都不太難回答，當月璃問到第三個問題的時候，月河雖然知道真正的答案：秦始皇滅了六國，統一天下，封自己為皇帝，由於是歷史上第一個稱皇帝的人，所以稱為秦始皇。但為了不想惹禍上身，也只能很諂媚的回答，因為秦皇陛下是上天所授命，當皇帝是上天賦與他的命運。

「那為什麼有人想要刺殺皇帝陛下？」月璃想也不想，眨眨眼，這個禁忌的話題就脫口而出。

「噓，童言無忌，不許亂說，妳從哪聽來的？」月河趕忙蹲下身來，摀住她的嘴，低聲的問。

「我看到的，兩年後的博浪沙，有人會在那裡刺殺始皇陛下，不過那名刺客最後沒有成功。」

當月河把手從她的嘴巴上挪走時，她說出的話令他捏了一把冷汗。

「妳胡說些什麼？還沒發生的事情怎能亂說，童言無忌、童言無忌。」月河搖了搖頭，這樣大逆不道的話，要是傳入官府的耳中，可是株連九族的大罪，幸好她還只是個孩子，在自個兒家裡隨口說說也就算了。

月河連忙走到窗戶邊，朝窗外望了望，確定屋子旁邊沒有人聽到月璃剛才說的話，才稍微鬆了一口氣。

「是真的，我夜晚看星星的時候看到的，爹爹怎麼不相信我？」月璃揉著眼睛哭了起來。

「星星，妳在跟爹說笑吧？」月河覺得這孩子真不會撒謊，要編謊話也該編得像樣一點，星星怎麼可能會說話呢？

「沒有，璃兒不是在跟爹爹說笑。璃兒也從來不撒謊，我真的是在星星上看到的。」她急了，邊哭還直跺腳。

「好、好，爹爹信妳還不成嗎？快別哭了，乖。」月河當然不相信星星會透露訊息這種荒謬絕倫的事，當下只希望她趕快止住哭泣，就隨便附和著，哄了她幾句。

「真的，爹爹相信璃兒？」她這才破涕為笑，就像所有孩子那樣的天真，別人說什麼她就相信了。

「是啊，璃兒說什麼，爹都相信這總可以了吧？」月河無奈的撫著額頭，深怕她等下又哭了起來，就拍拍她的頭，應付的說了幾句。

只是那個時候連月河都不曾想過，他家真的出了一個能夠未卜先知的女兒，兩年後月璃的預言真的應驗了，韓信在博浪沙刺殺秦始皇，失敗。

不過等到那時，月河自己都忘了月璃當初說過了些什麼，所以也沒有覺得她與其他孩子有什麼特別不一樣之處。

（三）

不知從何時開始，她喜歡觀星。

在漆黑夜空閃爍著微弱光芒的星子，彷彿會說話似的，告訴她一個又一個的故事。小的時候，她總覺得這些星星格外的迷人，夏天的院子總是讓人留戀的，每到夜晚除了蟲鳴蛙叫之外，運氣好的話還可以看見發光的螢火蟲。

螢火蟲雖小，卻能在黑夜散發出微弱的光亮，點綴著這漫漫的長夜。

或許是她生來長得與其他孩子不同的緣故吧，她的哥哥和姊姊總是能彼此玩得很開心，可是每當她一走近想要加入他們的時候，他們就用異樣的眼光望著她，那眼神好像在訴說著「妳是怪胎」。

就連鄰居家的小孩也是一樣，有一次她偷偷的溜出門，看到一群小孩蹲在地上打彈珠，她看了好久，就在她好不容易鼓起勇氣說了一句：「我可以跟你們一起玩嗎？」的時候，孩童的媽媽就衝出來，把在自家門前玩彈珠的孩子帶回家去。

邊走還邊和他們的孩子說：「以後不許跟那個白頭髮的玩。」

「那個白頭髮的」幾乎成了月璃的代名詞，就因為她長相奇特，所以其他的人都對她敬而遠之。在家裡能跟她說得上話的，就只有她的父親了，可是她的父親白天要去學堂教書，晚上才會回家，這段時間她幾乎都躲在書房，閒來無事就拿父親的書來讀，五歲的時候就熟讀諸子百家的著名經典了。她對《春秋》特別感興趣，尤其是記錄那些歷史名人的事蹟，她往往百讀不厭。

在那個年代，只有貴族能夠受教育，月璃曾聽父母親說起，他們家原本是魏國的貴族，後來因為逃難來到南方的楚地定居。月河一直有個心願，就是希望平民百姓也能接受教育，所以在村子裡開設了學堂，教孩子們讀書識字，而家長們也都會回贈一些錢財作為感謝。正因為如此，月河一家的生活還算過得去。

夜晚的星空對於她來說，就像一部活生生的《春秋》，每一顆星星都代表著一個人，而她只要注視著那些星星，就能解讀這個人正在發生或者將要發生的事情。只是這些對於當時只有五歲的小女孩來說，是不懂的，她只覺得星星好好玩，能夠告訴她一個又一個動人的故事。

只是沒有人相信她能夠解讀星星的奧祕，就連她的父親也不相信，久而久之她也不太跟人說星星的事情了。然而她喜歡在夜晚觀星的習慣從未改變，有的時候甚至看到脖子發痠都還捨不得進屋睡覺。

也就是因為她長久以來被其他的人孤立，養成她不愛說話也不愛笑的性子。鄰居的夫人們來他們家串門子時，總是在客廳和月夫人竊竊私語著：

「你們家的月璃真是越來越沒禮貌了，見了人也不打招呼。」

「她老是關在房間裡看書，也不出來跟人說話，女孩子家，讀這麼多書做啥？」

「我問她什麼她都不答，她是不是個啞巴？」

這些背後的議論月璃都知道，她不想理會這些閒話，她也不是不想跟那些夫人們說話打招呼，而是只要她一走近，她們就會用異樣的眼光望著她。久而久之，就養成她一有客人來訪，就把自己關在房間裡的習慣。

（四）

月璃九歲那年，家中來了訪客，這次的客人與以往都不相同，而她也無法再把自己關在房間裡避不見面。

她還記得那天晚上下了一夜的雷雨，聽著窗外淅瀝嘩啦的雨聲，她輾轉難以入眠，時不時夾雜著一兩道閃電，轟轟作響的雷聲嚇得她只能瑟縮的躲在被子裡。

不用說，她的母親月夫人此時一定在隔壁的房間裡，哄著她的哥哥和姊姊入眠，而她一個人在狹窄的臥房裡，只能用棉被蒙住頭，用雙手摀住耳朵，不去聽那駭人的雷鳴聲。

她的父親這一天剛好受到鄰村村長的邀請，去鄰村喝村長兒子的滿月酒，否則的話應該會到她房間來哄著她入眠。

「轟！」就在又一道雷聲響徹天際時，伴隨而來的是一陣急促的敲門聲。

「砰、砰、砰」的聲響，聲音和雷鳴聲比起來微弱多了，不仔細的聽還真聽不見。月璃起先還以為自己聽錯了，這麼晚了外頭又下著雷雨，怎麼還會有訪客來？緊接著又傳來一陣敲門聲，她才更加確定沒有聽錯，真的是有人在敲門。

這個時候，月璃隔著牆壁聽到隔壁房，哥哥說話的聲音。

「娘，有人在外頭敲門。」十四歲的哥哥向月夫人說道。

「別理他，大半夜的，搞不好是賊。」月夫人說。

「娘，賊怎麼可能會笨到要敲門呢？」十二歲的二姊癡癡笑著說。

「二妹說的是，搞不好是來投宿或是迷路的，娘，不如我去開門瞧瞧？」陣陣的敲門聲引起哥哥的好奇心，他真想知道是誰會在這時候猛敲門。

「別去，這大半夜的，萬一是壞人可怎麼辦呢？老爺又不在家，還是別去管他了，趕緊睡覺。」月夫人覺得多一事不如少一事，趕緊催促兩個孩子睡覺。

又一陣敲門聲，比先前那幾次都還大聲，這下子想當作沒聽見也不大可能了。

「娘，還是讓哥哥去開門看看吧，那個人敲得這麼急，或許真的有急事也說不定。」二姐也燃起了好奇心，說實在的那個人一直站在外面敲門，也實在是擾人清夢。

「好吧，你們都別去，留在屋裡別出來。」下了決心的月夫人，隨手拿了件披風披在身上。

在隔壁的月璃聽見了，還以為她要親自去開門，誰知道月夫人竟然跑到她房裡，拋下了一句冷冷的話：「妳，出去看看。」說完，月夫人就轉身回房了，連她一眼也沒正眼瞧。

當下月璃心冷了一半，說什麼她也是月夫人十月懷胎所生，怎麼母親對她的態度和兩個哥哥姊姊差這麼多，每次有什麼不好的差事就吩咐她去做。有的時候她真懷疑，她到底是這個家的女兒還是下人？

滿心不情願的月璃只好下床，隨便拿了件外衣披在身上，又拿了掛在牆上的雨傘，發著抖穿過院子前去開門。

深秋夜晚的的雨是刺骨的寒，月璃雖然撐著傘，可是寒風還是將雨吹到她的臉上。她不禁打了個哆嗦，心裡埋怨她那偏心的母親，這麼冷的夜晚還叫她來應門。

「砰、砰、砰，有人在嗎？」那個人已經不是在「敲」門，而是用手拍打著門，聲音聽起來很緊張的樣子。

「誰呀？」月璃拉開門栓，打開門一看，原來是一名中年男子，個頭不算很高大，長得瘦瘦的，看上去也很斯文秀氣。

他渾身都被淋濕了，當時的月璃只是個五歲的孩子，瞧他這副模樣有些被嚇到，她原本想關門轉身跑進屋去，那男人一手抵住門板，低聲對她說：「小妹妹，外面雨很大，可否讓我進去躲雨？」

若是換了其他的孩子，一定是嚇得把雨傘丟落在地，哭爹喊娘的跑進屋去。可是月璃卻下意識的覺得，如果她不幫他的話，他就很可能會在外頭淋一整夜的雨，還很有可能會因此而傷風感冒，那她鐵定會一輩子良心不安的，於是便點點頭開門讓他進去了。

（五）

門，再度闔上。

可能是風太大的關係，月璃用來包頭髮的布巾被風吹走，一頭雪白的長髮散落肩頭，隨風飄揚。

月璃不怕陌生人，可是她卻害怕自己的白頭髮被人看見，所以她總是用布巾把它包起，沒想到就被這位萍水相逢的陌生人盡收眼底。

她驚慌失措的轉身想要去找回被風吹走的布巾，卻被那名男人一把捉住了手。

他注視著她那雙如同紫寶石般的雙眸，嘴角浮現出難解的笑容，接著他說的話同樣令人費解：「白髮紫瞳，真的很特別，小妹妹，妳叫什麼名字？」

「我叫月璃。噢，叔叔，你弄痛我了。」月璃沒想到這個男人會突然捉住自己的手，她拼命的想要掙扎，連雨傘都掉落在地，傾盆大雨瞬間淋濕了她的衣服。

「喔，對不起，我太興奮了，這雨太大，先進屋再說吧。」男人彎下腰撿起雨傘，他撐著雨傘，確保他們兩人都能遮到，儘管此時打傘似乎也沒什麼用了，因為他們兩人都渾身濕透。他的衣服濕答答的，下擺還滴著水，而月璃低頭看了一眼自己的衣裳，雖然沒有像他那樣濕透，不過上半身也幾乎全濕了。那男人牽起她的小手，不知為何，雖然他的手很溫暖，也很結實，可是她身體卻不由自主打了個寒顫，也許是全身濕透又吹到冷風的緣故吧。

一走進屋子裡，月璃摸黑找來了一根火柴，點燃了放在木几上的燭台，就著屋裡的燈火，她才看清楚他的長相。

這個男人看起來斯斯文文，樣貌像個讀書人。他穿著一件袖口寬大的白色長袍，雖然這是民間男子常穿的裝束，不過他穿的這件質料是用絲綢製成的，這並不是普通人家可以買得起的。

月璃下意識的退後了幾步，她怯生生的望著這個男人，感到些許害怕。她也不知開門讓一個陌生人進屋裡來，究竟是對是錯？

「小妹妹，別害怕。在下沒有惡意，我和幾名隨從走散了，遇上大雷雨，這附近沒有別的人家，所以就來府上叨擾，真是過意不去。」男人有禮的向她作了個揖。

「璃兒，妳怎麼隨便開門讓陌生人進屋？我只是讓妳出去瞧瞧，可沒讓妳好壞不分的就把人放進來。」在內室聽到談話聲音的月夫人，手上拿著蠟燭出來，她惡狠狠的瞪了月璃一眼，責怪她自作主張。

月璃的哥哥和姊姊，躲在房裡偷偷的往客廳裡瞧，他們怕生不敢出來，卻又好奇家裡來了一個什麼樣的人。

「娘，對不起，他說要來避雨，我……」月璃見到母親生氣，便快步跑到她面前，急著想要解釋，卻聽到「啪」的一個清脆的巴掌聲，臉上熱辣辣的，一道紅紅的掌印留在她的臉頰上。

月璃用手摀在被打的臉頰上，淚水從眼眶湧出，她倍感委屈，也不管是否有外人在場，就放聲的嚎啕大哭起來。

「不許哭，等下看我怎麼罰妳。」月夫人被她哭得心煩，瞪了她一眼之後，把她推到一邊，又走到男人面前問道：「閣下是什麼人？怎麼這麼晚了上我家來避雨？」

「夫人請恕在下唐突，在下姓李名斯，因為出門辦事，對附近的路不熟悉，不小心迷路又與隨從走散，天黑了來不及找店家投宿，遇上了雷雨只好來到貴府暫借避雨，若有打擾之處，還請夫人見諒。」李斯又朝月夫人作了個揖。

「李斯，這個名字好熟悉，好像在哪聽過。」月夫人尋思許久，不常出門的她，只偶然聽她的丈夫提起過這個名字。

「李斯，當今丞相李斯……」月璃口中喃喃唸著，她在他身上看到一點很微弱的光芒，就像是夜晚的星星一樣，她透過這個光亮彷彿看到在漆黑夜空中的星星一樣，他的本命星清楚的浮現在她腦海裡，從他命星的光芒來看，她直覺他是當朝權傾一方的人物，但光芒清澈明亮，若是帝王應當是紫色，所以左丞相三字脫口而出。

隨即在她腦海出現的是這個人未來的一些片段，不過這一切只有一瞬間而已，她再眨眨眼，什麼影像都自她腦海中消失，就連李斯身上如同星星般的光芒也消失無蹤了。

她從來沒在人身上看到這種光芒，她被嚇得杵在原地，雙腳像是被繩子綁住似的，無法動彈。

「胡說，丞相大人怎麼可能深更半夜跑來咱們這種窮鄉僻壤，小孩子不許胡說。」月夫人惡狠狠的瞪了月璃一眼，只當她童言無忌，胡亂說話。

月璃被母親訓斥，當下不敢再出聲，躲在母親背後，一手拽著她的衣角。

「夫人，請不要責罵令嬡，她所言不差，在下的確是身居相位。」李斯本來也沒想要張揚自己的身分，卻看不慣月夫人動不動就責罰孩子，雖然他只是一名外人，也忍不住想替她解圍。

「啊，你……你真的是丞相李斯，請……請恕民婦有眼無珠，如果有哪裡得罪大人，還請大人恕罪。」月夫人一聽驚慌失措的朝他跪下，她又呼喚兩個孩子：「啟兒、慧兒，還不快出來參見大人。」

月璃的哥哥和姊姊這才出來，跪在他們的母親身邊，其實他們不大懂得丞相大人是什麼意思，只見母親似乎很緊張，所以也學母親跪倒在地。

只有月璃仍然站著，她並非不懂得丞相的意思，位高權重，權傾一方，只不過當年的她實在太過年幼，不曉得應該要害怕。

令她好奇的是，她剛才從李斯身上看到的光芒到底是什麼，而她似乎可以看見這個男人未來的一些片段。她之所以知道她看到的是他的未來，那是因為一向飽覽群書的她，並未在書上看過剛才腦中浮現片段的記載，就連坊間傳聞也沒聽過。

不過李斯瞧她的眼神，讓她感到害怕。打從他一進門來，目光就一直停留在她的身上。這是月璃第一次被陌生人這樣盯著瞧，那個眼神並不是因為她的長相怪異，而是讓她覺得他另有所圖。

「璃兒，還不快跪下。」月夫人見她愣在原地，趕忙轉頭喝叱，深怕因為她的無禮而連累全家。

「無妨，別嚇壞孩子，我這次微服出巡本屬祕密之事，你們不必多禮，快快請起吧。」李斯走到月夫人面前將她攙扶起身。

「是、是，是民婦考慮不周。」月夫人低著頭，不敢正視這位高高在上的李斯。

「夫人可以稱呼我李爺便可。」李斯並不想搞得眾人皆知，否則一定會引起不小的風波。

「是、是，大人吩咐，哦，不，李爺吩咐，民婦一定照辦。」月夫人已經興奮得有點結結巴巴，她時不時用眼角的餘光偷瞄李斯，她從未想過有一天家裡會來了這麼一位大人物，看樣子她又多了個茶餘飯後的話題。

「小妹妹，妳是怎麼知道我就是當今丞相？妳爹爹告訴妳的？」李斯走到月璃身前蹲下，在第一眼見到她時，他已經注意到她的與眾不同，而在聽她道出他的身分時，就猜想她可能是他要找的人。

「不是。」月璃搖搖頭，她有點害怕的退後了一步。

「那妳是聽誰說的？」

「我看到的，你的星星發出的顏色和光芒，應該是輔佐君王的人物，你說你是李斯，我就聯想到是丞相。」月璃解釋道，她原本就能夠在夜晚觀星，看到每一個人的運勢，可是剛才自他身上所看到的本命星光芒，卻是頭一回，她並沒有將這件事說出來。

「哦，妳會觀星術嗎？妳還看到了什麼？」李斯聞言眼睛一亮，就像在一堆平凡的石頭裡挑出了翡翠那樣的喜出望外，他有些興奮的握住她的手，這個舉動令她害怕的抽回她的手，又退後了一步。

她雖然很想像尋常孩子一樣，躲在母親的背後尋求安全的保護，可是她知道她的母親並不會保護她，反而會責罵她，在這種時候她所能依靠的就只有自己了。

想到此處她不禁雙拳緊握，她多麼希望此時能有一個人跳出來擋在她身前，為她擋下一切的危險與災厄。

然而環顧四周，就只有那兩個依偎在母親身旁的月啟和月慧，以及那狠狠瞪著她的母親，她彷彿不屬於這個家庭。

從那個時候開始，她就知道一切都只能靠自己了，連家人都無法依靠，這個世間再無值得她信賴的人了。

「別在李爺面前胡說八道，什麼星星會說話，還不快回房間去，等下看我怎麼收拾妳。」月夫人又訓斥了她一頓，這孩子真是越來越不像話，連星星會講話這種事都敢拿出來亂說。

月璃等這句話等了好久，她終於可以躲回那個能夠保護她的房間，就在她轉身要跑回房間時，被李斯一把捉住手臂，追問道：「妳還知道些什麼？」

月璃先是以水汪汪的大眼睛望了他好一會兒之後，才說：「丞相李斯，焚書坑儒，四百六十個人被判處死刑。」她用手指稍微算了一下，然後很肯定的說：「三年後焚書，四年後坑儒。」

「不錯，我的確有計畫要向陛下建議頒佈焚書令，這項計畫連我身邊的親信都不知情，難道妳真的是我尋尋覓覓要找的人？」李斯雖然驚訝他要找的人竟是一名小女孩，不過後來想一想，這世上本就無奇不有，也不足為奇。

他之所以會出宮，表面上是奉陛下的命令，出來尋找擁有預測未來能力的星術師，實際上他卻是為了達到不為人知的目的而來。

有關下一名星術師的特徵，還是宮廷裡的星術師白年洲告訴他的，在見到她第一眼他已經有所懷疑，如今聽到她這番話，更加有些確定了。

「娘。」月璃再也忍不住的跑到母親身後，拽著母親的衣袖，她直覺李斯是一個很可怕的人，至於為什麼懼怕，她也說不上來。

浩瀚星空之中，每顆星星都代表一個人的命運。有些人注定飛黃騰達，雙手卻是滿手血腥；有些人默默無名，仍時常幫助別人。而她所見到李斯的命運，恰好是屬於前者，也許是因為這樣使她對眼前這陌生男子有些懼怕。

「小妹妹，妳說得沒錯，我的確是當今丞相李斯，不過我朝丞相有兩名，在下官居左丞相，妳可要記住了。」李斯走到她面前，蹲下身來，拉著她的手道。

他又說出了幾個人的名字，要月璃說出他們的未來，而月璃都一一告訴他，他聽了露出滿意的笑容，在天即將破曉時，他問了月璃一個她從來沒想過的問題：「妳想不想住在皇宮裡？」

「皇宮？那是皇帝陛下住的地方嗎？」她曾在書上看過這個名詞，她從沒見過皇宮長什麼樣，所以對那裡毫無概念。

「沒錯，那是一間很大的房子，裡面有好多新奇有趣的珍藏，妳想不想去瞧瞧？」李斯盡量用她能明白的語言來描述。

「我不要，我要和娘在一起。」月璃又跑回母親的身邊，她不想跟家人分開，就算母親對她再不好也是自己的親娘。

「李爺，您是開玩笑的吧？真的要接璃兒入宮？」她們家出了一位能進宮面見皇帝的女兒，月夫人笑不攏嘴，有些難以置信的瞧著自己的這個長相怪異的女兒。

「待我稟明陛下，或許令嬡有機會能入宮廷。」李斯瞧著月璃的眼神有些深沉，此時的他正在心中盤算著什麼。

「若是真的這樣那可就太好了，如果能被陛下看中，封個妃子什麼的，哎呀，那可是光宗耀祖的事情。」月夫人的雙眼一亮，頓時歡天喜地。

自從遇見李斯之後，屬於月璃的命運之輪就開始轉動，她注定這一生無法只做個普通人，如果可以的話，她寧願不要未卜先知的能力，不要遇見左丞相李斯，或許她的人生能夠平凡一些。

第二章

屋頂遇刺

（一）

她第一次見到蔣暮桓時，他正在梅樹下練劍，一劍揮落，落花紛飛。

這距離雨夜遇見李斯那晚，只相隔了幾個月的時間。

初春下的第一場小雪，雪與白梅在風中糾纏，紛紛落下的白點，分不清哪一片是雪，哪一朵是梅。

自從李斯來過他們家之後，月夫人對月璃的態度就改觀了，沒有以前那麼兇，動不動就打她。也准許她自由出入，不再像以前那樣老把她關在家裡，不讓她出門。

月夫人還興奮得到處跟鄰居炫耀，說他們家出了個能入宮的女兒，將來宮裡會派人來接。

月河知道這件事後，吩咐家人處事低調，他常常為這件事憂心，他並不希望女兒入宮，只盼她將來找戶普通的人家嫁了，就了卻他一樁心事。

眼前這名少年，看上去只比她大四、五歲，相貌還算得上英俊，劍法大開大闔、大起大落，讓月璃瞧得出神。

懂得使劍的在他們村子裡並不多見，這裡住的大多是知書達禮的人家，她看見有人使劍就覺得新鮮，便站在門口多瞧了一會兒。

少年發現有人在盯著他瞧，便收勢將劍貼在右臂後，轉身對著她笑了一下：「妳就是那個白頭髮的？」他雖然剛搬到這個村子不久，對於她這個長相特異的怪女孩，也略有所聞，他一直對她感到很好奇，希望有緣能夠一見。

原本見他舞劍舞得不錯，對他有幾分好感，沒想到他一開口就揭她的瘡疤，她不太高興的呶呶嘴，道：「什麼那個白頭髮的，我有名字的好嗎？我叫月璃。」

她今天還特地用布把頭髮給包了起來，沒想到才一出門就被人識破，難到她包頭髮的技術就這麼差，明明一根頭髮也沒落在外面，還是被人給認出來了。

她轉身就要進屋，手卻被身後那名少年拉住，對她露出一個迷人的微笑，道：「別生氣嘛，我話都還沒說完呢。」

她轉頭望著他，他那雙含著笑的深邃眼瞳，宛如天上星星那般明亮，特別吸引著她，她停下腳步，等待他繼續說下去。

「妳不但是個白頭髮的，而且還是個小美人呢！」說完，他又爽朗的笑了幾聲。

「討厭，就愛作弄人。」她伸手拍了他的頭一下，鼓起兩個腮幫子，前面那句話雖然讓她不悅，後面那句話聽了心裡還是甜滋滋的。哪個女孩子不愛美，雖然她只有九歲，聽了這話心裡還是高興的。那時的她，只當他是一名普通愛作弄女孩兒的頑皮少年罷了。

「璃兒，待在外面做什麼，還不快進屋幫忙生火煮飯。」屋裡傳來月夫人的叫喚聲，她隨口答應了一聲，就轉身跑回家，一腳踏進家門時，還不忘回頭望了他一眼，只見他佇立在原地朝她傻笑著，她俏皮的朝他做了鬼臉，就轉身進屋並把門給關上。

那次雖然只是匆匆的照了個面，那名少年英俊的形影，已經在她心中烙下了一個印子。

自此之後她雖然偶爾在家門口瞥見他在練劍，不過幾次都有母親或者兄姊在場，她不便與他攀談，況且她也不知該與他說些什麼，他也總是專注的在練劍，偶然與她四目相對時，會朝她笑笑，她對他的認識也僅此而已。

雖然沒與他說過幾句話，卻也對他這位鄰居頗感興趣，她本以為他是來此地投親的，大不了住上幾個月就要離開，沒想到他一住就是幾年，而他似乎也沒什麼親人，從沒見過他家裡還有其他的人，這讓月璃更發好奇了。

好奇歸好奇，她的家裡家教森嚴，平時母親為了怕鄰居因她的白髮紫瞳而對她指指點點，甚少讓她出門，她就算只站在門口，偷偷瞧著那名少年練劍，若是被母親發現，亦會被訓斥一番，導致她根本沒有機會好好認識這名鄰居。

而月璃的母親因為李斯看中月璃，以為不久就被派人接她入宮，前幾個月還對她客客氣氣的，但是一晃眼四年過去了，宮裡頭一點消息也沒有，月夫人也漸漸望了這件事，對待月璃的態度又回到了往昔。

月璃本以為永遠也沒有機會，跟對門那位時常獨自練劍的鄰人說上一句話，直至她剛滿十三歲的那年初秋，也是個剛降小雪的夜晚，她才有機會認識這位鄰居。

那天吃完晚飯後，雪停了，月璃趁著家人在忙著各自的事情時，又獨自悄悄的來到了院子。她坐在院子裡的一張木頭椅子上，一手托著下巴，抬頭望著繁星點點的夜空。冬季的夜晚，星星看起來格外的清澈明亮，她常常一吃完晚飯，就可以獨自在院子裡待上一整晚，有時還會忘了上床睡覺。

觀星幾乎已經成了她生命中的一部分，這已經變成她每日必做的事情了。

「咦，怎麼多了一顆？」她發現在西南方不遠處，有一顆小小的星星，它的光芒雖然微弱，卻惹來她的注意。

她從袖中取出以往的觀星記錄，這個星星的確是今夜才發出光芒的，不禁令她感到好奇。

「這個人應該有過人的天賦，嗯……是劍術，他應該是一個劍術天才，而且還是一個很寂寞的人，一直都是自己一個，很早就離開家了。」她望著天際的那顆星星出了神，喃喃的自語著，根本沒注意有一個人悄悄的躍上了他們家的屋簷，此刻正蹲坐在她頭頂上方的屋頂上，盯著她瞧。

「這顆星就叫做蔣暮桓，嘻嘻，白頭髮的，我們又見面了。」他朝她喊道，在她抬頭吃驚的看向他時，朝她咧嘴露出調皮的笑容。

「是你，呀！你怎麼跑到我們家的屋頂上來了，我……」月璃有些吃驚，她可沒料到住在她家隔壁的少年，竟然會晚上跑到她家來，正當她還想繼續說些什麼時，他把食指貼在唇前，示意她不要出聲。

「噓，妳喊得這麼大聲，是想把妳的家人全都叫來嗎？」他壓低了音量，站了起身，又道：「我沒有惡意，打從我搬到這裡來之後，就想過來跟妳打個招呼，可我瞧你娘平時管妳管得挺嚴的，不想害妳受罰，所以就沒跟妳說上句話。」他說完，又朝她露出了個迷人的笑容。

「那你現在跑到我家屋頂上，就不怕我娘責罰於我？」月璃雙手插在腰際，抬頭朝他喊道。就算以往他曾經給她留下過好印象，如今被他這麼一嚇，散魂七魄去了一半，什麼好印象也全沒了。

「放心，他們聽不見的，不是我自誇，我的輕功可是數一數二的，只要妳別大聲嚷嚷，他們是不會發現的。」蔣暮桓說完，又朝她笑笑。

「你深更半夜的，翻牆跑到我們家的屋頂上，就只為了跟我打招呼？」月璃狐疑的盯著他瞧，正在思考到底該不該大叫，畢竟她也沒見過他幾次，萬一他心懷不軌那可怎麼辦，而他這種舉動也確實可疑。

「秦朝的律法可沒規定不能爬到屋頂上吧？」他眨眼笑道。

「可這是我家的屋頂耶，這樣還不犯法嗎？」她朝屋子的方向看了看，四周靜得掉根針都能清楚的聽見，料想他的家人應該準備上床睡覺了，沒有半個人出來。

「這有差別嗎？妳家和我家的屋頂距離這麼近，隨便走走，就走過來啦。」他伸手指著他家的屋頂，月璃順著他指的方向望過去，兩家的屋簷真的是相連的，她頓時張大嘴巴，卻不知要說些什麼才好。

雖然她知道這樣解釋實在很牽強，不過他能輕而易舉的跳到屋頂上來，武功一定不弱，當下她也不想再為了此事與他爭執，以免他惱羞成怒，一氣之下把她的脖子給扭斷，也不是沒有可能的事。

「妳要不要也上來？會看得特別清楚喔。」他抬起頭，指指天上的星星，又朝她笑笑。

「我又不會輕功，跳不上去。」她朝他呶呶嘴，朝自個兒脖子上捏了一把，她也想在屋頂上看啊，至少可以躺在屋頂上，不用老抬著頭，脖子也不會這麼酸了。

「那還不容易。」他說完就跳下屋頂，身手十分輕盈，雖然現在是初冬，也沒下雪，但屋頂上結了層薄薄的霜，他跳下來時不要說塵土，就連霜雪也沒落下一片。

「哇，好俊的身手。」就連不會武功的她，都忍不住拍手稱讚了起來，完全忘了問他跳下來是要做什麼。

「來，我帶妳上去。」蔣暮桓對她露出了個友善的笑容，朝她伸出手來。他穿得不多，就一件單薄的衣衫而已，不像月璃披了件大斗蓬，這件斗蓬比她大了很多，帽子更把她的臉給遮住。

「怎麼帶？」她有點猶豫，該不該接受這位陌生少年的善意，他雖然看起來並非面目可憎，可是她覺得他眉宇之間有種武人的肅殺之氣，那屋頂看起來又這麼高，萬一他把她丟在上面自個兒跑了，那她要怎麼辦？想到這裡，就不禁心生怯意，遲遲不敢將手伸過去。

「別怕，我又不是老虎，總不會吃了妳的。」他見她猶豫不前，便一個箭步上前，將她攔腰抱起，縱身一躍，轉眼便跳上了屋頂。

月璃沒想到他會直接上前去抱她，她驚呼一聲，下意識的閉起了眼睛，即便已經安安穩穩的站在屋頂上，她還是不敢把眼睛睜開。

「好了，已經到了，可以睜開眼睛了。」蔣暮桓將她放開，輕聲在她耳畔說道。

「哇，好高！」聽到他這麼說，她才鼓起勇氣睜開雙眼，發現自己和他正站在自家的屋頂上。往下一瞧，這不看還好，這一看她的雙腿忍不住的顫抖起來，她倒抽了一口氣，這麼高的地方要是不慎摔下去，那可不是鬧著玩的，她可不像蔣暮桓會輕功，想到此處，她便緊緊的抓住了他的手，生怕她一放手，自己就會掉下去。

「妳該不會是懼高吧？」他的手被她抓得發疼，他並沒有說出來，他這才想起她不過個十三歲大的女孩兒，初次到這麼高的地方害怕也是正常的，於是伸手扶著她在屋頂上慢慢坐下，邊說道：

「別怕，有我在，妳跌不下去的。」

起初她還是抓著蔣暮桓的手，只不過沒抓得像方才那麼緊了，他一直扶著她，等到她沒那麼怕了，才慢慢的把手放開。

月璃緊挨著他，兩人就這樣坐在屋頂上，她抬頭見到滿天的繁星，又莫名的興奮起來，指著天上的星星，開心的笑道：「從這裡看星星，感覺好近，好像一伸手就能摸到一樣，呵呵。」。

「是啊，看來妳的確很喜歡看星星呢！」蔣暮桓見她這麼開心，也展露笑顏，雖然與她離得很近，由於她頭上的帽子遮住了她的臉，他無法看清她的容貌，讓他感到有些惋惜，他想起之前與她數次照面，她美麗的臉龐總是令他魂牽夢縈，這麼漂亮的臉蛋，在月光的映照下一定更美。

「你剛才說這顆星星的名字是蔣暮桓？」月璃指著剛才看到的那一顆，轉頭問他。

「我開玩笑的，不過隨口說說而已，妳還當真了。」他聳聳肩，他一向不相信占星、占卜之術，剛剛看她一個人喃喃自語，他一時興起就用自己的名字為星星命名。

「不過，看起來應該是的，我爹說過天上的星星都代表著一個人，命星發亮表示這個人還活著，若是命星隕落就表示這個人死了，那顆應該就是你的命星。」月璃瞧瞧星星，又瞧瞧他，雖然與他見面的次數不多，僅憑著之前對他些微的印象，直覺那顆應該是屬於他的星星。

有的時候她可以從星星看到那個人的過去，名字甚至是未來，可是要看到什麼她無法控制，而且有的時候能看到，有的時候又什麼都看不到，她這次只看到他命星的特徵，卻無法正確知道那顆星星究竟是屬於誰的，也只能用猜測的。

「是麼，那妳說說，我是個什麼樣的人？」蔣暮桓見她說得煞有介事似的，就隨口問問。

「你嘛，是個很孤獨、很寂寞的人，而且是個劍術高手。你的星芒雖然現在有些隱晦，不過晦暗中又隱約散發出一縷不尋常的星光。」她隻手托著塞幫子，一邊抬頭觀星，一邊喃喃自語道：

「等等，我看到了，你將來會成為一位將軍。」

「將軍，妳是在說笑吧！我不過就是一名小混混，哪有可能成為將軍？」蔣暮桓不以為意的笑道，就在他剛說完不久，馬上收斂起笑容，站了起身，悄聲說道：「小心，有人也在屋頂上。」

「呀！是誰？」她聞言吃驚的站起身，隨後一聲尖叫，一名女人已站在她身後，正拿著一把短劍抵住她的咽喉。

「快將她放開，槐殤。」他聽到尖叫聲，連忙轉過身，只見她左手握著另一把短劍，右手的短劍依然緊緊的抵住月璃的咽喉，月璃想要叫喊，卻一個字也喊不出來，雙手被那女人牢牢的按在身後，她扭動身體想要掙脫，卻是徒勞無功。

槐殤穿著一身豔紅的刺客裝，銀色的月光照在她身上，隱隱有一股死神般的陰冷氣息。

屋頂上的三個人，就這樣僵持著。

「好久不見了，叛徒。」槐殤嘴角上揚冷冷的笑著，一雙比寒冰還要寒冷的雙目，正盯著蔣暮桓。

（二）

「『影』什麼時候也開始對普通百姓下手了？她不過是個小姑娘而已。」蔣暮桓今夜會出現在此並非偶然，早在槐殤進入這個村子時，他就已經察覺到了，按照他對她的認識，她是不可能沒事來此閒晃的，必定有所圖謀。

依他對槐殤的了解，她要行動之前，必定會對刺殺對象先調查一番，他這幾天見到槐殤鬼鬼祟祟出現在月璃家附近，就擔心槐殤的目標可能是月家。

以往他還在「影」的時候，槐殤就是負責刺殺工作的，換言之，她是一名殺手，雖然他想不透為何槐殤會盯上月璃家，她爹只是個沒落的貴族，現以教書為生；而月夫人更只是個普通的婦人，月璃那兩個兄姊更不必說了，也不過是兩個孩子而已，這樣普通的家庭，「影」何以會派槐殤這樣一個訓練有素的殺手出馬，這是令他百思不得其解之處。

他最後猜想到，月家最不平凡的，就只有月璃了，四年前李斯來造訪月家的事蹟，恐怕早已經傳開了，他擔心槐殤對月璃不利，所以今晚才來她家瞧瞧，沒想到真被他給猜對了，槐殤的目標果真是她。

蔣暮桓雖然兩手空空，面上卻毫無懼色，他沒有攜帶佩劍是不想惹人注意。一般說來，劍是劍客的第二生命，然而他所修習的並非是普通劍法，要施展劍術手中也並非一定得要有劍才行。

「少女？哼哼，連你也被她天真無邪的外表給騙了，她可是個星術師，她的天賦足可影響局勢，根據可靠的消息，她已經被李斯給看中，如果不搶在前頭除掉她，組織往後暗殺秦始皇的行動就更加困難了。」槐殤本該馬上割斷她的咽喉，之所以到現在都還沒動手，是忌憚眼前的蔣暮桓，沒有人比她更清楚他的本事了。

「我不知妳口中的星術師是什麼？我只知道她是一個完全無害的人，如果妳再不放開她，就是逼我動手。」他在說話的同時，已經悄悄的運用心靈的力量將劍氣慢慢凝聚在指尖，因為他的心劍已經練了許多年了，所以即便稍微分神，還是可以一邊閒聊一邊蓄勁，這點初學的人是絕對做不到的。

「呵呵，從前我就一直想和你比畫比畫，瞧瞧究竟是你的心劍快，還是我的雙劍快？」槐殤說完，原本抵住月璃咽喉的短劍，更往皮膚深進了一分，紅色的鮮血從她的頸子滲出。

脖子上傳來陣陣的刺痛，加上血腥的味道，月璃整顆心都揪在一起了，她心想這次大概死定了，現在就算她想動也不敢亂動，冷汗不斷的從額頭上冒出來，她怕這瘋女人要是手稍微使點勁，她的腦袋可就要和身體分家了，偏偏她的咽喉被抵住，想要大聲呼救也沒辦法。這個槐殤也不知是打哪冒出來的？她連為什麼這個女人要殺她都不知道，就要不明不白的死了，真是有點不甘心。

從她與蔣暮桓的對話聽來，他們兩人應當是舊識，只是被人用劍抵住喉嚨的她，實在沒有閒心去思考這兩個人的關係。

「槐殤，不要太過份了。」蔣暮桓語氣中帶著怒意，看來槐殤澈底的將他給惹惱了，可是忌憚月璃在她手上，不敢輕舉妄動，他清楚她的性格，要是被逼急了，什麼都有可能做得出來。

「呵呵，你倒是動手啊！」槐殤見他遲遲不出手，就是顧忌被她抵住咽喉的月璃，故意以言語相激，見他進退兩難的窘樣，覺得有趣極了。

「哼，妳真以為我沒辦法嗎？」蔣暮桓並不想用這招去對付她，不過眼下月璃在她手裡多待一刻，就是多一刻的危險。

他手捏劍指，朝屋頂上的薄霜一指，全身真氣流竄，劍氣凝聚指尖，他以心念將劍氣投射到屋瓦上的薄霜，薄霜受到劍氣的吸引凝聚成一把細長透明的長劍，他並沒用手去握那把劍，而是以劍指操縱這把以寒霜凝成的劍，只見他的劍指朝空中比劃了幾下，那把用心靈之力凝聚而成的「寒霜劍」，隨著他手指指向之處而動，他朝槐殤一指，「寒霜劍」隨即朝槐殤射了過去，只見槐殤嘴角露出冷冷的淺笑，她非但不躲避，反而將身前的月璃往前一推，意欲替她擋下蔣暮桓的「寒霜劍」。

可惜她錯算了，「寒霜劍」並非是實體的劍，它可由操縱者以意念任意控制，當碰觸到不想傷害對象的時候，就像一道冷風一樣無害，換言之，它可以隔空殺人。

「寒霜劍」雖然穿過月璃的身體，並未對她造成傷害，但到了槐殤面前卻像一把利刃，鋒利無比，槐殤為了躲避劍氣，連忙鬆開抵在月璃咽喉上的短劍，向右一閃，雖然閃過蔣暮桓的「寒霜劍」，垂在肩上的烏髮，卻被劍氣射落幾根。

蔣暮桓趁機衝到月璃身邊，將她拉到自己身畔，輕聲的問：「沒事吧？」

月璃摸摸脖子上的傷痕，手指沾了點血，所幸那短劍刺得並不深，只是在皮膚上劃開一道淺淺的傷痕而已，並無大礙。

「我沒事。」她朝他搖搖頭，臉色仍然嚇得發白，顯然驚魂未定。

「哼，想不到你背叛組織之後，功夫倒是越發長進了。」槐殤見人被救走，不悅的諷刺道。

他們說的組織到底是什麼？月璃在聽到槐殤的話後，在心裡打上了一個問號。

「彼此、彼此，妳這『影』的頭號殺手，果然名不虛傳，為達目的不擇手段，居然連一個小女孩都忍心殺害，這點我的確不如你。」蔣暮桓雖然不再攻擊，「寒霜劍」仍然飄浮在空中，劍尖對著槐殤，隨時都準備再度出擊，因為他知道槐殤絕對不會輕易罷手的。

槐殤是個訓練有素的殺手，絕對不容許任務失敗，一次進攻失利，她便接著發動第二次。她揮舞著手中的雙劍，朝月璃再度攻去，就在她右手的短劍快要碰到月璃左肩時，蔣暮桓的「寒霜劍」即時護在她的身前，硬生生的擋下了槐殤這一殺招。

對於槐殤接連而來的第二劍，他則迅速出手扣住她的手腕，猛一使勁，想要震脫她手中的短劍，豈不料槐殤體內爆發出一股真氣，她的手輕輕一推，一股巨大的力量將他擊退數步。

蔣暮桓繼續以劍指操縱著「寒霜劍」，又與槐殤一來一往拆了數十招。

月璃還沒從剛才的驚嚇中回過神來，她很想離開戰場，以免一不留神就被劍氣所傷，但她身處的地方可是屋頂，腳下的一塊磚瓦有些鬆動，一不小心，她的身子稍微往前滑了一下，這裡離地面有好幾丈，若是從這裡摔下去，鐵定得粉身碎骨了。

蔣暮桓與槐殤對戰，可無暇看顧著她，她不敢再亂動，只好站在原地，一動也不動的注視這場高手之間的對決。就在蔣暮桓和槐殤打得難分難解時，月璃在槐殤身上看到了微弱的星星光芒，就像許多年之前，曾在李斯身上所看到的那樣。

只不過槐殤身上顯現的光芒是暗紅色的，月璃為了要確定她所看到的究竟是不是象徵槐殤命星的光芒，她抬起頭來在夜空中搜尋著。

「暗紅色……南方朱雀七星，朱雀的「朱」就是紅色。」月璃此刻已經完全忘記了眼前也兩名高手正在過招，而她也忘記了前一刻生命才剛受到威脅，此刻她只全神貫注在搜尋槐殤的本命星。

「啊，找到了，是東南方的翼宿，主肅殺，將有血光之災，那女人……」月璃看到這裡，身體不禁微微的發顫，她在槐殤的本命星看到的是殺戮與死亡，而且她終將逃不過倒在血泊中的命運。

就在月璃看到了槐殤的命運之後，槐殤的一把短劍正逼向蔣暮桓的心口，蔣暮桓的心劍雖然厲害，可是身體也經不起長時間使用心靈之力，每出一劍就耗損更多真氣，額上滲出豆大的汗珠，喘息聲也越來越明顯，體力不支的他漸漸的露出破綻。

槐殤看準時機，一劍朝他心口刺去，他一時回氣不及，來不及以「寒霜劍」阻擋。

就在她的劍快要刺到他胸口的前一刻，一聲尖叫，劃破靜謐的黑夜。

聽到月璃的尖叫聲，讓槐殤的劍有了半分的遲疑，蔣暮桓見狀，立刻舉起右手指揮漂浮在空中的寒霜劍，擋下她那致命的一劍。

槐殤轉過頭來，放下手中的雙劍，怒目瞪著月璃，罵道：「你這小妮子，沒事鬼叫什麼？害老娘分神。」

「怎麼回事？」蔣暮桓見槐殤沒有要繼續攻擊的意思，轉過頭來望向月璃，只見她臉色發白，身子微微發顫。

「我……我看到她身上沾滿血腥，她是個殺手。」月璃指著槐殤，她的嘴唇發顫，結結巴巴的半天才說出一句完整的話來。

「妳怎麼看到的？」蔣暮桓也隨之收起心靈之力，原本指著槐殤的「寒霜劍」瞬間變成薄霜落在屋瓦上。

在今晚槐殤出現在她家屋頂之前，她分明不認識槐殤，她說出這句話時，不僅蔣暮桓，連槐殤自己也嚇了一跳，不過她很快的就恢復了原先的鎮定，在場的其餘兩人誰也沒看出來。

「她……她身上有光芒，還有她的星星，你看，就在那。」月璃指著南方的一顆星星，說完她雙腿無力的跪坐的屋頂上，心怦怦的跳動著，彷彿剛看見了一個恐怖的景象。

是的，那的確是個恐怖的景象，特別是對一名十三歲的小姑娘來說。

月璃從未上過戰場，她所理解的生死，頂多就是隔壁孩子養的小黃狗死掉了，她從未看過真正的死人，就算曾經在書上見到「某某人卒」或者「某某人歿」，對她而言也不過只是個字眼罷了。

她從槐殤的命星看到許多哭泣、嚎叫的靈魂，那些都是死在她手上的性命，一張張扭曲的臉彷彿出現在她腦海，就算摀上耳朵也能聽見人死之前那種不甘，她的額上冒著冷汗，說話的聲音在顫抖著，這對一名小姑娘來說，的確是沉重了些。

她試圖摀住雙耳，不想去聽那些叫喊聲，可是那些聲音根本揮之不去，她最後只能閉上雙眼，過了片刻，那些聲音才逐漸消散，等到確定一點怪聲音都聽不見了，她才趕睜開雙眼，卻仍心有餘悸。

「呵呵，看來星術師的傳聞果然不假，這女人留著只會是個禍害。」槐殤冷笑一聲，隨即一劍刺向月璃，蔣暮桓見狀衝上前去以兩指夾住她的劍身，卻忘了她手中還有另一把劍。

在成功的引開了蔣暮桓的注意力之後，槐殤的第二把劍刺向癱軟在屋瓦上月璃，就在劍即將刺到她的咽喉之際，月璃說了一句話，令槐殤的劍在將要刺到月璃的喉嚨之前，略微的停頓了一下，這對一名殺手來說，是一個大忌。

「妳只剩下一個月的性命，而且是死於非命。」月璃說這話時，眼睛眨也不眨一下，她的雙眸堅定無比，眼中已不見先前的恐懼，她此刻在槐殤身上看到的，不是一個欲取她性命的殺手，而是一個即將消逝的性命。

她不知這個預言是否能夠應驗，她只知眼前所見便是如此，這時就在方才槐殤那劍即將刺向她時，她清楚的看見槐殤身上暗紅色的星芒與天上的翼宿遙相呼應，這種感覺就像月亮投映在水中，不同的是這泓能映照出月亮的清泉是槐殤本身，而這顆月亮正是她的本命之星——翼宿。

「妳胡說些什麼？」槐殤雖然嘴裡撂下狠話，手頭一鬆，一雙短劍「哐噹」一聲掉到地上，發出清脆的聲響，顯然這番話也令她感到震驚。正因為她十分清楚月璃的身分，所以才知道她所說的話十之八九會應驗，一名再如何冷酷的殺手，在聽到自己死刑的宣判時，也難掩心中驚懼之情。

「星芒暗紅乃是不祥之兆，這是妳雙手沾染血腥的緣故。」月璃突然用超出她年齡的口吻說話，且眼神堅定無比，連蔣暮桓也嚇了一大跳。

「哈哈，好啊，我今夜就姑且留妳性命，咱們就來瞧瞧妳的預言是否準確，若不準我會再來取妳性命。」槐殤說完就撿起地上的雙劍，在她轉身準備離開時，蔣暮桓在她身後問道：「慢著，妳還沒說清楚，究竟組織為何要殺她？難道就因為她懂得觀星？」

「呵呵，傻小子，她可不是普通的江湖術士，她是不折不扣的星術師，單憑她方才講的話，就足以為她惹上殺機了。想要她性命的，豈止『影』』而已？你想要保護她，也得想想這個小妮子，值不值得你為她搭上一條性命？」

「要殺我？為什麼？」月璃還是想不明白，難道未卜先知也是錯嗎？這又不是她願意的，很自然她就能看見一個人的運勢，若要怪也該怪上天會和賦予她這樣的能力。

「妳這麼想知道答案的話，就自己去問白年洲吧，他現在是唯一能力完全覺醒的星術師，他現在就在秦宮裡，不怕死的話，就自己去問他吧！哈哈。」

槐殤說完，就施展輕功，往前一躍，跳到隔壁房子的屋頂，她的身手很快，不一會兒就消失無蹤了。

只剩蔣暮桓一臉詫異的望著月璃，兩人心中都滿是問號。

此時的月璃心中只存有一個名字「白年洲」，她有預感這個人定能解開她心中的疑惑。

（三）

「幸好妳剛才隨便亂編個故事，把她給唬住了，否則槐殤是不可能輕易罷手的。」蔣暮桓朝她微微的笑了一下，剛才打了一架，他到現在還微微的喘著氣，衣衫都被汗水濕透了，那傢伙可不是好對付的主。

「那可不是隨便編的，我說的都是真的，怎麼，你不信我？」月璃呶呶嘴，雙手插著腰，兩個腮幫子脹得鼓鼓的，不太高興的瞪著他，她最討厭別人不相信她了。

蔣暮桓很認真盯著她，思考了一下，最後還是忍不住哈哈大笑了起來：「且不論這世上有沒有星術師這玩意兒，就算真的有人可以從星星看出人的命運，那個人一定不是妳，妳根本就是個小女孩，一定是槐殤搞錯了。」

「我十三歲了。」她很不服氣，大聲的抗議道。

「那又如何？」蔣暮桓忍著笑，忍到肚子發痛。她根本就是個涉世未深的小孩子，他實在很難相信一個孩子真能預測別人的未來，況且根本就無從證實她方才所言，槐殤只剩一個月性命的事為真，一切可能只是她的猜測而已。

「我不知槐殤說的星術師是什麼？但是我能看到她的命運這是事實，不管你相不相信都好，反正我也沒打算要讓你相信。」月璃瞥過頭去，決定不去理會他，她站在屋頂上，想要離開這裡，卻又怕高不敢往下跳，最後只好蹲了下來，不再去看他。

「妳瞧瞧妳這模樣，一頭的白髮，要是再胡亂的跟人說妳能未卜先知什麼的，小心被人當成妖怪抓走。」蔣暮桓故意把她頭上的帽子掀開，一頭銀白色的髮絲隨風飄揚，在銀色的月光照射下，顯得閃閃發光，就像夜晚的星星一樣。

「我才不是妖怪呢！」她朝他大吼，把被他掀開的帽子又重新戴好，為了怕被他再次掀開，她用手按住帽緣，把頭轉過去，不再搭理他，反正怎麼辯也辯不贏。

蔣暮桓瞧她很在意別人看到她的髮色，也覺得方才的舉止確實有些過份了，就斂起笑容不再作弄她，走到她身旁坐了下來，道：「不過既然『影』已經盯上了妳，就一定不會輕易罷手，這次槐殤失手，一定還會有下一次。妳住在這裡已經不安全了。」他很清楚「影」的行事作風，一旦他們鎖定的目標，除非身亡，否則是不會善罷干休的。

「我的爹娘都在這裡，我還能上哪去？」她把手從帽子上挪開，肩膀垮了下來，覺得有點兒洩氣，她的家在這兒，就算想跑也跑不掉啊。

「妳脖子上的傷痕還痛不痛，我家裡有幾瓶金創藥，要不要去我家，我給妳上點藥？」蔣暮桓這才注意到她脖子上的傷口，伸手想去摸，卻被她給躲開了。

「不用啦，金創藥我家也有，等會兒我回去自個兒敷就得了。」她聳聳肩，想說反正只是個小傷口，她也常常跌跌撞撞的，身子沒這麼嬌嫩。

她下意識的，又伸手摸了一下傷口，手指上沾著的是褐色的血漬，看起來傷口已經乾了，脖子上的傷口雖然還隱隱作痛，也沒像剛才那麼痛，還好槐殤那劍的用意只是要警告她和蔣暮桓，並不是真的想要取她的性命，否則不會只是淺淺的一道傷痕而是直接割斷她的喉嚨了。

月璃想起方才他與槐殤提到的組織，好奇的問：「你們剛才說的『影』是什麼？那個叫槐殤的女人似乎認識妳？我聽到她叫你叛徒，難道你也是影的一員？」

「『影』是一個祕密組織，暗中培育殺手，至於我與槐殤嘛，其實也不過就是點頭之交而已，雖然以前一起共事過，不過我對於她的作風始終都不太認同。

總之要是妳以後再遇見她，一定得躲得遠遠的，那女人可是什麼事情都做得出來。」他說這話時目光閃爍，一提到「影」他就輕描淡寫的帶過去，月璃直覺他似乎隱瞞了一些事。

「祕密組織，反朝廷的那種？」她雖然年齡尚幼，平時也看過不少書，每當亂世之時，總會有一些反官府的祕密組織出現，就像先秦時期的墨家一樣，這種組織往往都令官府頭疼不已。

「噓，小聲點，被人聽見可是要砍頭的，還有可能會株連妳的家人。」蔣暮桓立刻摀住她的嘴，阻止她繼續說下去。

她點了點頭，答應不再亂說，蔣暮桓才把手放下。

「可是他們為什麼要殺我？就因為我能從星星看出每個人的命運？這也不是我能控制的。」月璃眨了眨眼，露出一臉無辜的樣子。

「妳有沒有想過為什麼妳這麼與眾不同？」蔣暮桓指的是她白髮紫瞳的特徵，這可不是人人都有的，雖說他到現在還不相信她真的能預測人的未來，不過相處下來，他也察覺到她的確與其他孩子有點不太一樣。況且槐殤千里迢迢的跑來殺她，她應該有過人之處，否則槐殤不會這麼大費周章，花精神對付一個小姑娘。

「我要是知道就好了，就不用這麼害怕了，我也不想被人當妖怪啊！」她幾乎快要哭出來了，聲音有些哽咽，想到隨時會有人衝出來取她性命，就感到莫名的害怕，更糟的是還可能會連累到家人。

「也許槐殤說的對，與其這麼被動等人找上門來，不如我們主動去找白年洲問個明白。」蔣暮桓靈機一動，覺得這也許是個好方法。

「槐殤說他在咸陽宮裡，那種地方又不是尋常百姓能隨意進出的。」月璃搖搖頭，怎麼說要進入皇宮都是不太可能的。

「我當然不是說現在，也許將來會有機會呢？聽說妳見過左丞相李斯？」他朝她微笑著，他的笑容總是充滿朝氣和希望。

「對啊，李斯曾說過我有機會可以進宮，我怎麼給忘了呢。」她拍了額頭一下，想到有機會見到白年洲，又露出開心的笑容。

她那時一心只想著，只要見到白年洲，就能夠知道她為什麼可以從星象中看出一個人的命運，令她困惑的迷團都將得到解開，而她想去追尋這個答案。

「不過左丞相大人日理萬機，恐怕早就已經把我給忘了吧？」月璃想著想著，就在屋頂上坐了下來，一直蹲著說話讓她的雙腿發麻，她一邊用手揉著腿，一邊思考這件事。

「如果妳的重要性，真如槐殤所言的話，那鐵定不會。」

「是嗎？可我還是不放心，左丞相大人萬一忙著忙著就忘了，也不是不可能的事，而且你不是說『影』還會再派人來殺我，如果他們又派人來怎麼辦？你總不可能時時刻刻都在我身邊保護我吧？」她眼睛咕碌咕碌的轉，心中似乎在盤算著什麼。

「妳該不會是想……」他越聽越覺得這女孩兒其實膽子很大，並不像他所想得那麼膽小。

「世上還有什麼地方能比皇宮更安全？嘻嘻。」她露出燦爛的笑容，不禁佩服起自個兒來了，能想到這麼聰明的法子。

「妳不會是想混進宮去吧？」

「你會幫我的吧。」這句話可不是乞求，她的眼睛整個亮了起來，一副要是他不答應，就要鬧上一整晚的架勢。

「呃……」蔣暮桓一手撫著額，開始覺得頭疼了起來，早知道就不該跟她瞎起鬨。

第三章

初到咸陽

(一)

自那天以後，蔣暮桓就時常到她家找她聊天，大部分的時候他們都坐在屋頂上觀星，所以月璃的家人並不知情。

加上他的輕功了得，幾乎是來無影，去無聲，有的時候聲響稍微大了點，月夫人走到院子來看了看，月璃則推說，剛才有隻貓跳到屋頂上，月夫人也就半信半疑的回屋裡去了。

蔣暮桓一直以為她說要進宮去尋白年洲，不過是一時興起，說說而已，過兩天應該就忘記了。沒想到，她真的放在了心上，而且還打算要付諸實行。

這天他像往常一樣，天剛黑透就從自家的屋頂上，施展輕功走到月璃家的屋頂上，而她也早已坐在院子裡等他。

她朝他開心的招招手，蔣暮桓便縱身一躍而下，抱著她跳上了屋頂。

「妳今晚看起來特別開心，有什麼好事要發生嗎？」他與她並肩而坐，她今晚沒戴帽子把頭髮遮起來，而是紮了個麻花辮，垂在左肩上，在月光的照映下，就像天上的銀河那樣，格外的閃亮動人。

只有在他面前，她才不用偽裝自己，她無須刻意隱藏特殊的髮色，因為他從不會用異樣的眼光去看她，在他眼中，她就和別的姑娘一樣，沒有什麼不同。

她越來越喜歡與他相處的時刻，他總是讓她感到舒服且自在，而不像她的母親，雖然生活在同一個屋簷下，卻像陌生人那樣疏遠，有時候月璃不禁懷疑，如果她的母親能選擇的話，一定不會選擇生下她。

她不明白，長相奇特又不是她的錯，為什麼大家都覺得她是個怪物？能夠看到別人的未來，也不是她想要的，槐殤卻要因此而殺她，一瞬間，好像全世界的人都瞧她不順眼，就只有一個人例外，那個人就是蔣暮桓。

「暮桓，我找到進宮的辦法了，你曾說過要幫我的，你會兌現你的承諾的吧？」她朝他眨了眨眼，裝出一副可愛的模樣，並用足以把人甜死的聲音說道。

自從槐殤突然出現在她家的屋頂上，揚言要殺她之後，她就了解到一點，她不能再逃避自己和別人不一樣的事實。從前，她總以為躲在房間裡不出來，別人就看不見她怪異的髮色和眼睛，逼不得已要出門，她也總是用布巾把頭髮包起來，可如今她知道了，一味的逃避並不能改變事實。

如果上天要宣判她死刑，她總得要知道為什麼。

所以她決定親自去尋找這個答案，也許到時候她會知道槐殤所說的星術師究竟是什麼？有關她自身一連串的謎團也都能解開了。

「咳、咳，有嗎？我什麼時候說過？」他搔搔腦袋，故意別開她的目光，裝傻的說。

月璃輕拍他的頭一下，又嘸起小嘴，道：「死暮桓，我可不管，你答應人家的就得做到。」

「好、好、好，我的大小姐，就算妳要上天下地，我都陪妳去總行了吧？」他朝她一個拱手，無奈的搖了搖頭，他哪裡有向她承諾過這件事，那天他根本是被逼的好嗎？她根本就不是在徵求他的同意，命令的成分還多一點。

「這還差不多。」月璃終於滿意的笑了。

「話說回來，皇宮可不是誰想進去都行的，莫說戒備森嚴，平時就連一隻蒼蠅都飛不進去，妳一個小姑娘家有什麼本事？」蔣暮桓托著下巴，仔細的打量著她，想不到她個頭雖然小，年紀也很輕，可是膽量卻比任何人都來得大，這點不由得讓他欽佩起來。

「這個嘛，本姑娘早就已經想好了。」月璃雙手插著腰，對他露出了一個燦爛的笑容，又繼續說：「當年李斯曾說要舉薦我入宮，可是一晃眼這麼多年過去了都沒消息，搞不好他真的是把我給忘了，既然如此我就決定要去提醒他，要他實現當年的諾言，只要有了左丞相的舉薦，我一定就能進皇宮。」她可是想了好幾天才想到的，這可不比闖皇宮聰明多了嗎？況且李斯與她有一面之緣，相信他一定會幫忙的。

「咳、咳。」蔣暮桓聽完差點沒被自己的口水給嗆到，他輕咳了兩聲，瞪大著雙眼望著她，驚訝的問道：「難、難道，你要去左丞相府？」

「聰明，好暮桓，你會陪我去的吧？你知道的，那種地方我一個平民百姓是進不去的。」她低下頭玩弄自己的手指，這點自知之明她還是有的。

「天哪！我的大小姐，私闖左丞相府可是死罪，妳要知道左丞相權勢傾天，地位僅在右丞相和皇帝之下而已，你是平民百姓難道我就不是嗎？闖左丞相府，開什麼玩笑，不行，鐵定不行。」他搖了搖頭，沒想到她居然把腦筋動到他頭上來了，這小姑娘平時腦袋裡都裝的什麼呀！他一手撫著額，使勁的搖著頭。

「那怎麼一樣，你會武功可我不會啊，呶，你瞧，這就是我們之間的差別。還有你是男人而我是女人，男人不是本來就應該要保護女人的嗎？」她眨著水汪汪的大眼睛，堅定的望著他，她已經下定決心無論如何都要去找李斯碰碰運氣。

「沒有人規定男人就有義務要陪女人去冒險啊？妳嫌命太長，我可不嫌。」他也堅決的搖搖頭，就算他劍術不弱，可是左丞相府守衛森嚴，而且他還得帶著她，搞不好還沒見到李斯就被抓起來了。

「人家不管啦，反正你就得陪我去。」她見他不肯答應，就只好使起性子來，向他撒嬌。

「月璃。」他收斂起笑容，很正經的喚了她一聲，他似乎是想到什麼事情。

「嗯？」

「妳有沒有想過，為何李斯當年沒有帶妳進宮？一隔這麼多年，也音信全無，妳有想過這是為什麼嗎？」

「這……我想大概是他貴人事忙，把我給忘了吧。」她聳聳肩，實在想不出其他的可能性了。

「妳曾說李斯知道妳有觀星預知未來的能力，那麼妳有沒有想過，或許是因為當年妳年紀太小，能力尚未完全覺醒之故？」蔣暮桓想來想去，也就只有這個原因最為可能，否則以李斯的個性，當年早就把她帶進宮去了，絕不會拖到現在。

「也許吧。」她聳聳肩。

「妳現在年紀漸長，如果妳之前對槐殤的預言是真的話，那麼就代表妳的能力已經漸漸甦醒，搞不好真的是槐殤口中的星術師也說不定，這樣的話很可能妳一進皇宮就再也出不來了，妳難道不怕麼？」他時常聽聞秦始皇陛下廣招天下奇人異士，如果讓他見到月璃的話，那她很有可能會被留在宮中，那即便他順利助她完成入宮的願望，她也未必能見到白年洲，搞不好還會惹來殺身之禍，這樣做究竟是幫她還是害她？

「我不怕，因為我知道你會保護我。」月璃又朝他露出一個燦爛的微笑，挽起他的手，把頭靠在他的肩膀上，不知為何，只要有他在身邊，她就會感到很安心。

「唉，我就知道妳會這麼說，那我也只好捨命陪君子了。」蔣暮桓嘆了一口氣，雖然不情願，可是他若是他不答應，她一定還會想其他的法子，搞不好還會更危險，只好勉為其難的答應了。

遇上她，究竟誰的不幸多一些？

「萬歲！」月璃拍著雙手，高興的歡呼起來。

（二）

月璃從來沒有離家百里以外的地方，這可是她第一次出遠門，當然她可不能光明正大的跟家人說她要去左丞相府，去找李斯幫她進入皇宮，這樣她的爹娘肯定會覺得她腦筋不正常。剛好他們家有個遠房親戚住在咸陽附近，所以她就想了個藉口，說是要到親戚家暫住幾天。

月夫人聽了之後，非但沒有覺得不捨，反而鬆了一口氣。家裡少了她這個長相怪異的孩子，月夫人就可以抬頭挺胸的和鄰居家的夫人們多多走動，再也不用怕別人知道她家有個長相奇特的怪小孩，而躲躲藏藏，有的時候甚至連出門買菜都要偷偷摸摸，生怕別人問起她家的月璃來。

原本月河是不太放心，月璃跑到那麼遠的地方，不過在月夫人賣力的勸說之下，最後還是答應了。
就這樣她就和蔣暮桓踏上了前往咸陽城之路。
咸陽是秦朝的首都，是最熱鬧繁華的城市，許多達官貴人都住在這裡，不用說李斯是當朝丞相，他的府邸想當然爾也在咸陽。
月璃一路上興奮的左顧右盼，看到什麼東西都覺得新鮮，活像個鄉巴佬進城似的。
「咸陽城到了。」蔣暮桓指著城門口上的牌匾，這是以小篆書寫成的「咸陽」二字，李斯以小篆統一六國文字，雖說便利了不少，可是也間接消滅了六國的文化，進而達到中央集權之效，這個政策剛實施的時候，引起了許多六國遺民的不滿。但大家都畏懼秦朝的鐵騎，也都敢怒不敢言。
「哇，走了好多天了，終於到了。」她彎下腰搥搥發痠的雙腿，頂著大太陽走了大半天，有一段時間她以為雙腿鐵定會走斷，想不到咸陽城竟然這麼大，從近郊走到城門口居然要花上大半天的時間，要不是蔣暮桓說只有做買賣的商賈，和達官貴人可以直接乘車入城的話，她也犯不著捨棄馬車舒服的馬車，走了一大圈的冤枉路。
看著經過身旁一輛輛豪華的馬車和轎子，她不禁羨慕起來，心想如果有一天自己也能坐在上頭，那該有多氣派啊！
不過也就是想想罷了，像她這樣的平民，就算積攢一輩子的積蓄，也不可能有機會乘坐那樣的馬車和轎子。
雖然她兩條腿走得都快斷了，看見街上來來往往的行人，她還是很興奮的，尤其是咸陽城裡高大的樓房，每一棟房屋都是家鄉的好幾層樓高，雕樑畫棟更是不在話下。

「暮桓，那是什麼？看起來好漂亮。」月璃用手指著正前方的一個小販，攤子上擺滿了用綢緞做成寶葫蘆、白鶴或小布包的東西，上面還穿著細長的紅絲線。

「香囊妳都沒見過？」蔣暮桓順著她手指的方向望過去，有些詫異的轉過頭來盯著她瞧，這不是很普遍的東西嗎？民間有很多婦女都會配帶這種香囊，只不過咸陽城賣的款式比較多，也比較精緻些。後來又轉念一想，月璃住的村子好像只有每逢廟會或慶典的時候，才會有小販來販售東西，而她怕被人指指點點，所以也不會去參加這些慶典，也難怪她沒見過。

「喔，香囊我是知道的，有一年我娘做一個給我的姊姊，但沒這裡賣的這麼好看，不過我就從來沒收過這樣的東西。」她鼓起腮幫子，有些悵惘的說。每逢家裡有什麼好吃的、好玩的，她的母親總是會優先給她兩個哥哥姊姊，而她幾乎什麼都沒得到過。

「妳在這裡等我一下。」蔣暮桓說完，便快步走向香囊的小販，她瞧見他塞了幾枚銅板到那小販的手裡，那小販就從攤子上拿了一個香囊給他。

「吶，送給妳的。」蔣暮桓又飛快的走回她身邊，將香囊遞到她面前，愉快的說道。

「我只是說說而已，其實不用特地去買的。」她心裡有些感動，不知怎地聲音居然哽咽起來，她接過香囊，那是一個用綠色綢緞做成的小布包，看起來精緻極了，她放在鼻尖上嗅了一下，一股清香竄入她的肺中，整個人頓時神清氣爽了起來。

「這個要這樣戴的。」蔣暮桓將香包掛在她的脖子上，瞧她臉上漾著笑容，也跟著笑了起來。他從來不是那種會去刻意討姑娘歡心的人，不過他是真的能夠瞭解她的處境，畢竟他們也當了這麼多年的鄰居，村人和家人對她的態度是如何，他還是了然於胸。

想到她常因髮色和眼睛的顏色怪異，常受到人們排擠，就忍不住想要對她好一點。

「謝謝你暮桓。」她低頭把玩著胸前的香包一會兒之後，又抬頭問道：「接下來我們上哪去？」

「先找間酒館打聽消息吧。」他藉機拖延時間，總覺得去找李斯實在不是什麼明智之舉，特別是反對她要進宮這件事，誰知那白年洲究竟是什麼人，就算真能進宮去，也不一定能見著他，搞不好還會搭上一條命。

可是看她這麼賣力想要解開自己有特殊能力的迷團，他也不忍心拒絕，只想著走一步算一步，也許這路上能有什麼奇遇也說不定。

月璃沒猜出他的這番心思，還以為他只是想喝酒，便道：「酒館不是賣酒的地方嗎？我又不喝酒，上那兒幹嘛？難道你想喝嗎？」

「哈哈，小姑娘就是小姑娘，心思單純的很，誰說上酒館一定得喝酒。」他笑著用手指往她額頭上輕敲了一下，又道：「酒館人來人往，總能打聽到一些小道消息，雖說我們要去左丞相府，可是也不能貿貿然就進去，也許能在酒館裡遇到什麼人，帶我們混進去也說不定。」

「喔，原來是這樣啊。」她其實也不太懂他說的話，不過蒐集情報她總是懂的，反正她也沒來過咸陽城的酒館，上那兒瞧瞧也不錯，就興高彩烈的跟著他一塊去了。

蔣暮桓找了一間咸陽城裡最大的酒館，此處有三層樓高，佈置得非常豪華，只差沒有雕樑畫棟而已，但是門牌和柱子上都鑲了金箔，看起來十分貴氣。

「客倌，請問幾位？」一進門，小二就熱情的上前來打招呼。

「兩位。」蔣暮桓答。

「哎，真是不湊巧，店裡頭都坐滿了，要不你們過去跟那位爺湊湊？」小二環顧四周，所有桌子都已經有客人坐了，他指著角落的那張桌子，只坐了一位客人，就想著他們可以一同併桌。

「看起來也沒別的選擇了。」他朝月璃笑笑，她聳聳肩沒表示什麼意見，於是他們就在小二的帶領下到那張桌子前坐下。

他們兩人一坐下，原本坐在位子上的那人就一直盯著他們瞧，尤其是蔣暮桓。那個人長得濃眉大眼，看起來像是個練武之人，卻不似一般武夫那樣粗俗，臉蛋長得挺斯文的，眉宇之間也透露幾分英氣。

「小情侶一塊出來郊遊啊！」那人瞧了他們一會兒，笑著說道。

「誰跟他是一對了，這位大叔你的眼力也太差了。」月璃不太高興的呶呶嘴，難道一男一女走在一起，就非得是那種關係嗎？

「這位姑娘是我的遠房表妹，我們來咸陽是……」起初蔣暮桓還沒注意到，這個人越看越眼熟，又道：「咦，這不是韓大哥嗎？」

「哈哈，我方才一眼就認出你來了，蔣老弟。」韓信一掌重重的拍在他的肩上，隨即仰頭大笑起來，他爽朗的笑聲充滿整間酒館。

「韓大哥你怎麼這身裝扮？小弟都差點認不出來了。」蔣暮桓被他這一打，整個人都震了一下，肩膀上熱辣辣的，他摸摸有些發疼的左肩，幸好他是有功夫底子的人，否則這會兒只怕骨頭要散架了。

他知道韓信看到他很興奮，但打招呼也不用這麼賣力吧，雖然如此，他還是從嘴角擠出了笑容，表示也很高興看到他。

他將韓信從頭到腳打量了一遍，他穿了件緊身的黑色連身布衣，他平時都帶著髮冠，衣著也沒這麼樸素，他這身裝扮倒有點像刺客會穿的衣服，只差沒把臉給蒙起來而已。

看起來他應該不是來酒館喝酒，而是和他們一樣來打聽點消息的，怕被人任出來，才這身打扮。

「這不是想要行事低調點嗎？倒是這位小姑娘，大熱天的怎麼把頭髮用布給包起來啊，不嫌熱嗎？」韓信當然知道眼前這位端莊秀麗的小姑娘，斷然不可能是蔣暮桓說的那種關係，不禁暗自好奇這兩個人怎麼會走在一起。

「呃，我頭髮長虱子，這樣比較不會傳染給別人。」月璃傻笑了一下，雖然這個藉口編得不怎麼高明，哪有人長虱子還到處亂跑的，不過她可不想隨便就對一個素昧平生的人講真話，誰知道會引來什麼麻煩。

「是這樣麼？」韓信有點半信半疑，托著下巴凝視著她，不禁對她感起興趣來了。

「咳，韓大哥，你怎麼到咸陽來了？最近可有什麼關於李斯的消息嗎？」蔣暮桓不想再繼續這個尷尬的話題，連忙把話鋒一轉，轉移他的注意力。

「我到咸陽當然是有事要辦。」韓信神祕的朝他眨眨眼，微微的笑了一下，又道：「你問李斯做什麼？那傢伙成天除了打壓人民，幫著秦始皇誅除異己，還會做些什麼好事，哼！」

「哦，難不成李斯最近又頒佈什麼新的政令了？」蔣暮桓倒是好奇，他知道韓信一向熱衷國事，特別的厭惡現在的秦朝政府，討厭李斯也沒什麼好大驚小怪的。

「就是頒佈那天殺的焚書令，不許老百姓私藏書籍，什麼《論語》、《孟子》的，一律都得繳交出來集中燒毀，若是被查到暗藏書籍，就得砍頭。」韓信說完，拿起桌上的酒碗，一口氣將裡面的酒喝光，然後重重的放下，又道：「你說這傢伙該不該殺？」

「噓，小點聲，此處畢竟是咸陽，韓大哥就算你對他再不滿，也得低調點。」蔣暮桓壓低音量，在他耳邊說道。

「怕什麼，李斯那傢伙此刻不在咸陽城內，就算要傳入他耳中只怕也得十天半個月。」韓信面無懼色，說起李斯可是讓他氣得咬牙切齒，不知多少無辜百姓，葬送在他制訂的暴政裡。

「李斯不在城中，那他去哪兒了？」蔣暮桓故意裝出吃驚的樣子，他想從韓信口中套出情報。既然韓信是來打聽消息的，那肯定已經收集了不少有用的消息。

「陪秦始皇到臨淄出巡去了。」韓信說完，又拿起酒碗，喝了一大口酒。

這時小二也把方才蔣暮桓點的酒送了上來，月璃因為沒喝過酒，所以沒有喝，蔣暮桓陪著韓信小酌了一杯。

「三年焚書，四年坑儒，哎呀！算算時間，那可不就是今年，我家可藏有好多書呢，不行，我得趕緊回去警告爹爹。」月璃掐著手指頭算了算，當年看到李斯她曾作出這樣的預言，既然已經應驗了一個，那想必另外一個也很快就會應驗了。

月河一向嗜書如命，她曾看到他爹偷偷的把書藏在家裡地窖的牆壁裡，這萬一要是被官兵發現了，那可是要殺頭的大罪，她越想越害怕，恨不得插翅趕忙回家去警告他。

見她準備起身離開，蔣暮桓趕忙拉住她的手問道：「等等，別慌張，把話說清楚，什麼三年焚書，四年坑儒，這是什麼意思啊？」

「我在見到李斯的時候，曾在他身上看見像星星一樣的光芒，我從那光芒隱約能看到這個未來，三年後推動焚書令，四年後則是坑殺儒生，好多人都被埋在一個大坑裡被殺死了，好可怕。」如今想來她仍心有餘悸，渾身打寒顫，就是在那時起李斯給她的感覺是一個很恐怖的人。

「慢著，小姑娘，你是說妳能預見人的未來？這麼神奇！」韓信開始覺得有點意思，打從一見到他們倆，就是知道她與平常人不同。

「哈哈，韓大哥你有所不知，咱們這位月璃姑娘，可以透過觀星來看出一個人的命運呢！」蔣暮桓拍拍他的肩頭笑道。

「也不一定得透過星星，有的時候我可以從人的身上看見像星星一樣的光芒，從那光芒就能看出那個人的未來。」月璃回想見到李斯和槐殤時候的感覺，她都在他們身上看見類似星星的光芒，並做出了預言。

「那也能幫我瞧瞧嗎？」韓信一手托著下巴，把臉湊近她，笑道。

「又不是什麼人身上都有那樣的光芒，咦，慢著，你身上好像有，讓我看看。」月璃試著集中精神，專注的望著韓信，慢慢的在他身上看見了微弱的光芒，漸漸的變得和星星一樣清晰明亮。

「怎麼樣，我未來是怎樣的？」韓信見她許久不言，心急的催促著。

「封侯拜將，但……」月璃頓了頓，又說：「最終死於非命，還是被自己所效忠的人殺的。」

「啊！我的未來怎麼那麼慘？那個人是誰？」韓信對她的話半信半疑，搔搔腦袋，一般人聽到自己將來會死的預言都會大為惱火，他卻只是不以為意的笑了一下。

「我也不知道，我只能看到這麼多。」她聳聳肩，有很多迷團她自己也是一頭霧水，又道：「韓大哥，你可別生氣，我只是看到什麼便說什麼，絕對不是咒你死。」她生怕他誤會，趕忙搖著手解釋。

「哦，沒事，人嘛！終歸是要死的，早死晚死沒啥分別，重點是要在活著的時候幹一番轟轟烈烈的大事，你說是吧，蔣兄弟。」韓信又喝了一大碗酒，拍了拍蔣暮桓的肩膀，爽朗的大笑起來。

「韓大哥，你可真是豪氣，不過你也不必把她的話當真，她有可能只是隨便說說的。」蔣暮桓拿起酒碗與韓信乾了一碗酒，兩人都喝得太急，酒都從嘴角漏了出來，他們卻絲毫不以為意，喝完之後放下酒碗，相視而笑。

直到現在蔣暮桓還是不太相信她能在人的身上看見星星的光芒這件事，更遑論她還能從中預言那個人的未來了，不過瞧她說得煞有介事的樣子，也不由得半信半疑了起來。

「嗯，蔣老弟，依我看她可不是在胡說，就憑她能預言李斯的焚書坑儒政策，我覺得她極有可能是傳言中的星術師，你有沒有注意到她的眼睛是紫色的。」韓信聽了她的話之後，仔細的端詳她起來。

月璃不自在的別過了頭，不敢再看著韓信，她自小被家人和鄰人當成妖怪，最怕被人發現她這與生俱來和別人不一樣的容貌。

「那又如何？聽說西域那裡的人，眼睛還是寶藍色的呢！」蔣暮桓不以為意的聳聳肩，這根本不能作為她有特殊能力的證明，察覺到她的不自在，連忙拍拍她的手背，朝她微微一笑，要她不用害怕，他了解韓信的為人，相信他絕無惡意。

「不，我聽說星術師的長相都異於常人，你還記得那個人嗎？他是天生駝背。」韓信朝他眨眨眼，故作神祕的道。

「你說的是哪個人啊？你該不會是忘了，我很早就離開『那裡』了，我可不記得曾經有見過這樣的人。」蔣暮桓瞄了月璃一眼，他故意沒說出那個名稱，在大庭廣眾之下他多少都有些顧忌。

「哦，你不說我倒還給忘了，那人的確實是後來才加入的，不過沒多久他也走了，唉。」韓信有些感嘆的笑了笑。

「韓大哥，什麼是星術師啊？能給我說說嗎？」月璃覺得他懂得不少，應該能為她解答疑惑。

「其實我也不大清楚，只知道他們的占算比一般的占星師還要準，而且還有特殊的神祕力量，至於這力量究竟是什麼我也不得而知。」韓信搖搖頭，這些他也是從別人那裡聽來的。

「喔，原來是這樣子啊！真可惜李斯不在咸陽，不然就可以求他帶我進宮，就能見到白年洲了，他一定能解答我的疑問。」月璃嘆了口氣。

「白年洲這號人物妳是打哪聽來的？」韓信狐疑的瞇起眼睛，急著想要知道。

「是一個叫做槐殤的女人說的，前些日子她還想要殺我呢。」她吐吐舌頭，一想到這件事，她渾身的汗毛都豎起來，到現在心裡還發毛呢，那時若不是有蔣暮桓在，恐怕她腦袋早就搬家了。

「槐殤！她居然跑去殺妳？」韓信瞪大眼睛，顯然有些吃驚，不過他很快就恢復了神色。

「韓大哥，你也認識她？」月璃問。

「哦，不、不認識，我方才聽錯了，以為她是我認識的一個人，哈哈。」韓信乾笑兩聲，摸摸頭髮，企圖蒙混過去。

「是麼？」月璃狐疑的望著他，看他笑得這麼勉強，就覺得他一定有事隱瞞，而且他為什麼會與蔣暮桓相識，這也是值得推敲的。

「對了，剛才你們說到要去見白年洲？聽說他曾經被李斯招攬入宮，後來得罪陛下被打入地牢，你們想要見他恐怕有點困難。」韓信怕她生疑，趕忙轉變話題。

「這事我也略有耳聞，不過月璃，妳現在到底是要回去警告妳爹，還是要去找白年洲？」蔣暮桓有點被她搞糊塗了，她一下風一下雨的，都不知道她究竟打算如何？

「還是先去找白年洲好了，畢竟都走到咸陽來了，現在放棄真有點不甘心，爹爹的事情我想遲一些應該無妨的。」月璃心裡也是掙扎了一陣，不過她想爹爹應當會知道事情的輕重，想必藏書的事情一定會妥善處理，又或者她的父親早已經把藏書都交給官府了也說不定，畢竟朝廷頒佈的藏書令誰敢違抗。

「但要闖地牢可不是鬧著玩的，皇宮裡的天牢看守比尋常官府的牢獄可要嚴密得多了，嗯……得想個萬全之策才行。」蔣暮桓托著下巴，雖然他一直覺得不論是闖皇宮還是去見李斯，都無疑是飛蛾撲火的自殺舉動，可是聽月璃說了越多預言的事情，他對月璃的身分與來歷就越發感到好奇，為什麼這麼多人都對她感興趣，先是李斯、槐殤現在連韓信似乎都對她能夠預言未來之事頗為相信，這讓他也想幫她把這件事給弄清楚。

「這倒不難，嘿嘿，蔣兄弟，我這兒有一塊令牌，是我從一個朋友那兒弄來的，可以自由進出皇宮，至於天牢嘛！這就得你們自個兒去想辦法了，不過你們得喬裝一下，不能就這樣大咧咧的走進去。」韓信將他們兩人打量了一番，建議他們還是裝扮成宮人比較好，只有擁有通行令牌的宮人才能自由進出皇宮出宮辦事，只要他們喬裝成是出宮採辦的宮人就行。這令牌上都有編號，分別代表了宮人的身分，看來又有兩個得倒楣鬼被人偷了令牌拿去賣。

「這真是太好了，韓大哥你可幫了我們大忙了。」蔣暮桓喜道。

「哎，這沒什麼，只不過……蔣老弟，你過來一下。」韓信朝他招招手，帶他走到角落低聲道：「你身旁這位小姑娘天賦異稟，我瞧她八成是傳聞中的星術師，你可得把她看好了，千萬不能讓李斯或者秦始皇發現她，否則她恐怕有殺身之禍。」

「有這麼嚴重嗎？她不就是一個小姑娘家，李斯和秦始皇怎麼會在意她？」蔣暮桓回頭望了月璃一眼，她怎麼看都是個單純的女孩，李斯和秦始皇要這樣的一個人能幹麻？

「話可不能這麼說，這幾年來李斯不斷的搜捕各地的星術師，聽說他們一進了皇宮就再也沒出來過，而白年洲是現在唯一僅存的星術師，其他的恐怕都已經遭了不測，所以你要特別保護好她，知道嗎？」韓信千叮嚀萬囑咐，傳言星術師不但能預測未來，而且還是擁有決定天下局勢關鍵的掌控人物，絕不能讓秦始皇得到她。

「知道了，她既然是和我一塊出來的，我就有責任保護好她，大哥，你就放心吧。」蔣暮桓拍著胸脯向他保證。

第四章

地牢奇遇

（一）

韓信在咸陽城有一個朋友，他告訴蔣暮桓，他們可以去他的朋友家借宿。韓信很夠義氣的，又替他們弄來兩套宮人穿的衣服，白綠色相間的寬袖大袍服，還有兩頂高山冠。幸好帽子很高，可以完全遮住月璃的頭髮，而且帽子很大，月璃敢打賭，穿這套衣裳的人塊頭一定挺大，帽子一戴上去，她的臉就被遮住了，原先她覺得這樣會遮注視線，看不到前方的路；蔣暮桓卻說，這樣別人才瞧不出她是男是女，那件衣服她一穿上去，袖子拖得老長，她連拿一樣東西，都得捲袖子捲個老半天，褲管也是得折個幾折，走路才不至於踩到絆腳。穿上這套衣服，於月璃來說真是說不出的怪模怪樣；反倒是蔣暮桓卻出奇的合身，令她不禁懷疑這衣服是否是為他量身打造的？

他們倆人穿戴好之後，一人拿著一塊令牌，很輕而易舉的就瞞過宮門的守衛的盤查，順利的混入皇宮之中。

一路上月璃都保持著低調，她緊緊的跟在講暮桓的身後，不像之前進咸陽城那樣的東張西望，她低著頭一語不發的走著。

蔣暮桓則是像識途老鳥一樣，一點都沒有被皇宮複雜的道路給迷住，很快的他們就來到了一座宮殿前，在月璃看來看起來就跟其他宮殿沒什麼兩樣，只是比較小一點。

「就是這裡了麼？」她怎麼看都不像是關犯人的地方，他們不是要找牢房嗎？這裡怎麼看都不像。

「嗯，這棟建築是看管犯人的地方，下面才是地牢，如果不是萬不得已，我是不會帶妳去的，因為……妳等下自己看就知道了。」蔣暮桓嘆了口氣，朝她擺擺手說道。秦朝對待犯人的方式極不人道，若非不放心她一個人待在此處，他真不希望她跟他一塊走。

「喔。」她隨口答應了一聲，聳了聳肩，她不知他在顧慮些什麼，但她隱約覺得自他們一腳踏進宮門之後，蔣暮桓的神色顯得有點緊張，她心想大概他是擔心被人發現他們是偷溜進宮的吧？也就不以為意。

「等下不管發生什麼事，都跟緊我，還有如果有人跟我們說話，妳不要回答，讓我來應對。」他不放心的回頭叮囑她。

「嗯，我知道了。咦，你怎麼對這裡很熟悉的樣子，剛才我看你也沒迷路，好像以前來過似的，你該不會是從宮裡頭偷跑出來的皇子吧？」月璃故意說笑，她想緩和緊張的氣氛，不知是不是被他給影響，她也開始有些緊張的東張西望了起來。

「別瞎猜，我要是皇子，還犯得著改裝混進來嗎？」蔣暮桓一掌打在額上，這小姑娘的腦袋瓜子裡到底都裝了些什麼呀？他見到月璃開始東張西望，趕緊放慢腳步，等她跟了上來，才扯扯她的衣袖，在她耳畔小聲道：「別東瞧西瞧，宮裡頭的宮人們從來不左顧右盼的，妳要是繼續再這樣，還沒見到白年洲，妳就會害我們被關進地牢裡了。」

「如果真的不幸被關，搞不好還能跟白年洲關在一處，那這樣不也能見著他了嗎？」月璃嘻皮笑臉的說，所幸她穿戴的帽子很大，蔣暮桓才沒見到她這副樂天的模樣。她只瞥見他瞪了她一眼，月璃只好趕緊住口，就像一名作錯事的孩子似的，低頭不語。

蔣暮桓沒從正門進去，而是帶著她從側門進入，一進去就像普通的房間一樣，有幾張木几與坐墊，兩名正在值班的宮人看到他們來了，就站起來走向前問：「你們是哪個宮的？來這裡幹什麼？」

「哦，是趙大人要我們來探查一名人犯，叫白年洲的，還麻煩兩位大哥幫忙查看一下。」趙高的官位雖不及左右丞相，可他是秦始皇器重的人之一，若是報上他的名號，底下的人也不至於刁難，蔣暮桓心中是如此盤算著。

「原來趙大人派來的，你等等，我們查查。」一名宮人走到房間角落的櫃子前，在最上面那排拿出一卷竹簡，開始查找起來。

「白年洲，嗯……這裡並沒有這個囚犯，你們是不是找錯地方？我們這裡是專門關死囚的，尚未被判刑……唔……」那名宮人話還沒說完，只見屋樑上突然躍下一抹人影，那個人還未看清對方的長相，就已經死了。

一劍封喉，乾淨俐落，連血都沒飛濺出來。

蔣暮桓注意到傷口很細，這麼細的傷口劍鋒應該很薄，這麼薄的劍握在手裡重量極輕，若是男子所用的劍比較沉，料想兇手可能是一名女子，從俐落的殺人手法來看，還是一名高手。

他如果再仔細推敲下去，一定能推測出來人是誰，不過他還來不及細想，那人已經站在他們的身前了。

「小心！」蔣暮桓心知來者不善，趕緊將月璃推至身後，由於入宮不能帶劍，所以他只能手無寸鐵的戒備著，不過以他所修習的功夫，有沒有帶劍對於他的應戰能力並不是至關緊要。

「喲！我道是誰呢，原來是你蔣暮桓，咦，還有這位會算命的小姑娘也在，呵呵，當真有趣極了。」那個人轉過身來，以手中的雙劍指著另外一名宮人，一邊還有空暇和蔣暮桓他們打聲招呼。

蔣暮桓定睛一看，原來此人正是先前要刺殺月璃的槐殤。

「女……女俠饒命。」另外一名宮人嚇得結結巴巴，只能勉強從牙齒縫中擠出這幾個字，他看著指著自己腦袋的短劍，又看了倒在地上同僚的屍體一眼，雙腿不住的顫抖，緊張得連手上的竹簡都散落一地。

最令他驚訝的是，此人居然能穿過層層守衛無聲無息的來到此處，可見身手不凡。

「饒你可以，但要把牢房的鑰匙交出來。」槐殤用短劍抵住他的喉嚨，以冰冷的聲音威脅道，還將他的一隻手反折在他背後，讓他動彈不得。

「妳不會一直躲在樑柱上面吧？」蔣暮桓抬起頭往天花板上瞧了一眼，那上頭的確有一根大樑柱，可以藏人，看樣子槐殤早在他們進來之前就已經在那上頭了，大概是等著伺機而動。

「是啊，不過也只比你們早到一點點而已。」槐殤朝他眨眨眼，露出一個迷人的笑容。

以蔣暮桓對她的了解，通常她對人這麼笑一定是有所圖謀。他托著下巴思忖著道：「難怪我們進來的時候沒有看到門外有守衛，剛剛我就覺得有點不對勁了。」

以槐殤的武功要闖皇宮也不是什麼難事，不過如果她真的是翻牆進來的話，恐怕早就已經驚動了皇宮的護衛，絕不會像現在這樣靜悄悄的，他猜想她一定有同夥接應。想到稍早之前，在咸陽城酒館見到的韓信，不禁令他猜想這兩人之間是否有某種關聯。

「妳要鑰匙做什麼？啊！難不成也跟我們一樣，要去地牢找人的吧？」月璃聽到她跟這名宮人拿鑰匙，心中還在納悶，槐殤沒事要牢房鑰匙做什麼，除了來救人或者找人，她也想不出別的原因了。不過她的身手還真是好啊！孤身一人直闖牢房，如入無人之境一般，忍不住暗暗佩服。

「妳這小姑娘還挺聰明的，嗯……不過，既然你們也是來牢房救人的，該不會是來找白年洲的吧？」槐殤當初隨口一說，要月離自己去找白年洲弄清楚自己的身分，沒想到她竟然還當真，真的跑到皇宮的牢獄裡頭來了，還真是不怕死。

「是啊，說起來還要感謝姊姊妳給我的建議呢。」月璃笑嘻嘻的說，好像她是到皇宮裡頭來玩樂一般，完全忘記了自己置身在一個危險的地方。

「咳，我說兩位姑娘，你們要敘舊可以等到離開這裡再說嗎？剛剛門外幾個侍衛雖然被槐殤給解決掉了，但我相信很快就會被人發現，不管你們是要救人還是找人，動作都得快點了，否則待會兒我們大家可都得在監牢裡相聚了。」蔣暮桓故意清了喉嚨一下，出聲提醒她們現在的處境。他無奈的一手撫著前額，看來愛聊天果然是女人的天性，不管身處哪裡都一樣。

「嗯，是啊，這位女俠，妳的劍還架在我的脖子上呢，可以先拿開嗎？不然我實在很難找鑰匙給妳。」那名宮人目光閃爍，嘴裡雖然這麼說，眼睛一直盯著牆角的書櫃看，彷彿那裡有一條密道似的。

「你以為我不知你想找藉口趁機開溜嗎？哼，不用麻煩了，鑰匙不都在這，我自己慢慢找就可以了。」槐殤說著，把手伸到他衣襟中，完全不顧男女授受不親的禮俗，在他胸口亂摸了一陣之後，從他懷中摸出一大串鑰匙，拿在手裡沉甸甸的一大串，少說也有二、三十把。牢房的鑰匙全都由這兩名宮人保管，所以她想她想要找的鑰匙一定在這一大串裡。

她拿到想要的東西之後，就往那宮人頭上敲了一記，那人悶哼了一聲，就暈了過去。

「走吧，既然大家目的都是一致的，鑰匙又在我手上，那就帶路吧。」槐殤把鑰匙放在袖中藏好，拍拍蔣暮桓的肩頭笑著說。

她雖然臉上帶著笑，身上的殺氣早已連不懂武功的月璃都能感覺得到，讓人不寒而慄。

「看來我還真沒別的選擇。」蔣暮桓搖了搖頭，他無奈的嘆了口氣，聲音聽起來軟綿綿的，如果可以的話，他還真不想跟這女人同路，每次遇到她準沒好事。

這種面上帶笑，看似無害的女人，才是最恐怖的。

他知道如果拒絕的話，以槐殤的性格絕對會以月璃當人質來要脅他，因為她知道蔣暮桓的身手不弱，若是直接與他正面交鋒絕對討不了便宜。而月璃是他帶進來的，他就有責任將她平安的帶出去，所以絕對不能陷她於危險之中。

「為什麼要他帶路？」月璃覺得奇怪，抬頭望著槐殤，這才想到，這一路走來幾乎都是他在帶路，彷彿他對這裡很熟悉一樣。

「哦，妳還不知妳的暮桓大哥是做什麼的啊？呵呵，這下可有趣了。」槐殤掩嘴輕笑，望了蔣暮桓一眼，又神祕兮兮的笑了起來。

「什麼意思？難道暮桓他還有別的身分？」月璃望向他，希望他能告訴她答案。

「妳別聽槐殤瞎說，我們還是快走吧，免得到時候真的被發現就糟了，皇宮的守衛每兩時辰就換一次班，這兩名宮人很快就會被人發現了，來，跟我走。」蔣暮桓沒有多做解釋，朝書架旁的一個狹窄的小樓梯走去，並朝她們倆人招手，要她們跟上。

（二）

月璃一行人通過一段狹窄的樓梯，來到地下的樓層，一進入此處就有股令人作嘔的血腥與腐敗的氣味，三個人不禁掩鼻往前行。

這裡兩旁是小小的牢房，每一間牢房都是用鐵欄杆圍起來的，門上都有一個沉重的大鎖鎖住，彷彿裡面關的是猛虎，隨時都會跑出來傷人一樣。

裡面的犯人都被折騰得不成人形，渾身都是血，身上的皮膚沒有一處是完好的。

這層樓最前面有一間房間，經過蔣暮桓的解說，才知道是供牢房獄卒使用的房間。

「我先過去打聲招呼，妳們跟在我後頭不要出聲，尤其是妳，槐殤，不要給我惹麻煩。」蔣暮桓瞪了槐殤一眼，這女人可是出了名的麻煩精，哪裡有她哪裡就有麻煩，所以他先出言警告。

「呵呵，知道啦，像個娘們似的，囉唆。」槐殤回瞪了他一眼，不耐煩的揮揮手。

蔣暮桓朝那個小房間走去，月璃和槐殤在原地等他。

只聽到他跟牢房的人說：「兩位大哥，我是奉蒙將軍的命令，前來提領兩位人犯，不知能否帶我前去？」

「蒙將軍？幾時蒙將軍也關心起這些死囚啦？嗯，令牌呢？給我瞧瞧。」那名獄卒問道。

「令牌在此。」蔣暮桓從腰間取出一塊銅製的腰牌，這是軍中將士每個人辨別身分用的特殊腰牌，上面刻有每個人的名字。

「嗯，蔣暮桓，我知道了，好，你可以過去，不過大爺我很忙，沒空陪你去找犯人，你得自個兒去慢慢找。」那名獄卒說完，打開門往後面瞄了一眼，指指他身後的月璃和槐殤，問道：「這兩個人是誰？」

「哦，那是我的同僚，也是蒙將軍的下屬。」蔣暮桓回答，他雖然表面鎮定，心中著實捏了把冷汗，雖然他與月璃是喬裝過的，可是槐殤依舊穿著自己那身紅衣，不過蒙將軍的部下位階高的，在沒有出任務的時候是可以穿著便裝的，這在宮裡也不是沒有過的事。

「咦，現在的軍人個子怎都這樣矮小？」那個人狐疑的盯著月璃看，槐殤還稍微比她高一點，月璃的身材矮了蔣暮桓一個頭。

「呃，有嗎？」蔣暮桓摸摸頭傻笑了一下，正在想其他計策脫身。

「這傢伙發育不完全，怎麼你有意見嗎？蒙將軍的麾下也是你能說三道四的？」槐殤眼見蔣暮桓快要招架不下去，趕忙走上前幫腔，蒙恬為秦朝四處爭戰立下不少汗馬功勞，在宮中也是小有威名，想必這小小的獄卒也不敢多加刁難。

「既然是蒙將軍的人，小的也不敢多話啦，你們過去吧。」獄卒朝他們擺擺手，要他們趕緊走。

蔣暮桓三人走了一小段路，料想那獄卒應當聽不見他們談話時，才敢小聲的交談。

「方才真是多謝妳了，妳這麼兇，連獄卒都怕妳了，哈哈。」蔣暮桓朝她笑了一下，幸好有槐殤幫忙才沒令那人起疑。

「這沒啥啦，你只要記得欠我一個人情就好。」槐殤朝他擺擺手，她領頭走在前面，不時注意左右牢房中是否有他們要找的犯人。

「對了，暮桓你那塊蒙將軍的令牌是從哪弄來的？那個獄卒似乎很怕你。」月璃並不清楚蒙恬在宮中有著什麼樣的影響力，雖然她能夠從蒙恬的命星中了解這個人的未來，可是卻無法知道他在世人心目中的地位。

「呵呵，那可不是弄來的，那本來就是暮桓的東西，妳還不知他真正的身分吧？這可真是有趣極了，妳連他是誰都不知道，就敢和他一塊兒上路，不怕他把妳給賣了？」槐殤掩嘴輕笑，朝蔣暮桓拋了個媚眼，卻惹來他一個白眼，似乎在責備她太多話了。

「這是什麼意思？難道你真的是蒙將軍的……」月璃轉頭望著他，希望能從他那裡得到答案。

「妳不要聽槐殤瞎說，什麼賣不賣的，她自己才是個危險人物，每次遇上她準沒好事。」蔣暮桓狠狠的瞪了她一眼，又對月璃道：「令牌的事等出去之後我再向妳解釋，眼下還是找人要緊，此處不宜久留。」

「槐殤，妳要找的是什麼人？」蔣暮桓這才想起還沒問她來此的目的，能讓「影」的頭號刺客親自闖皇宮地牢，可見這個人的重要性可不一般，不禁令他好奇起來。

「項羽，項大哥。」槐殤壓低音量說。

「咦，這個人的名號我好像聽過，他不是楚國的後裔嗎？」月璃曾聽父親提起過，楚國雖然被秦國給滅了，可是他們的後代依然存在，民間還有「楚雖三戶，亡秦必楚」的說法，嬴政也因為這個流言，禁止民間傳唱楚國的歌謠。

「是啊，妳知道得倒還不少嘛！」槐殤雖然嘴上與他們閒聊，雙眼卻仔細察看兩旁牢房裡的囚犯，一個也沒漏掉。

月璃很仔細的審視牢房的每一個囚犯，看是否其中有她要尋找的人。

他們經過一整排的牢房，看著那一雙雙被酷刑折磨渙散的雙眼，宛如地獄中尋求救贖的靈魂，那樣無助、那樣飢渴。

一名渾身血跡斑斑，骨瘦如柴的犯人，在月璃經過面前時，站了起來走到牢房邊，把雙手伸出欄杆外，想要去抓月璃的衣裳，嘴裡還喊著：「放我出去、放我出去……」

「啊！」月璃一聲驚呼，趕忙往後跳開了一步，才沒被那人給搆著，他雙眼凹陷，明顯有被火焰灼傷的痕跡，就像陷入皮膚裡的兩個洞，讓她嚇了一跳，到底是什麼樣的酷刑，把一個好端端的人折磨成這個樣子。

「小心，別太靠近了，這些人被關得太久，有點神智不清。」蔣暮桓趕緊走上前去，將她拉至他的身後，不忘叮囑他她要與牢房保持距離。

「不知白年洲會被關在什麼地方？而且我連他是何模樣都不知，要怎麼找啊？」月璃這時她才想起，她連白年洲是何模樣都不知道，就冒冒失失的跑進來找，真是太魯莽了。

「別擔心，槐殤一定知道，『影』的探子遍佈天下，她長期負責執行殺人的任務，消息也一定很靈通，否則如何準確的了解刺殺目標的底蘊？既然她說得出白年洲的名字，就一定知道他長得什麼樣，所以放心的跟她走吧。」蔣暮桓朝槐殤眨眨眼，他得意的說道，終於找到機會可以挖苦她一下。

「是喔，還真是感謝你這麼詳盡的解說。」這回換槐殤給他一個白眼了。

「為什麼你對『影』這麼清楚？」這個疑問再次浮上月璃的心頭，打從那次槐殤刺殺她的事件之後，她就覺得他們似乎早就認識，而方才聽槐殤的口氣，槐殤對蔣暮桓的了解比起自己還要深的樣子，更證實了她的看法。

「那是因為他曾是『影』的一員，後來因某個不明原因就離開了，對吧，叛徒？」槐殤轉頭朝他眨眨眼。

「我們一定要在皇宮的牢房裡討論這個問題嗎？」蔣暮桓有點無奈的擺擺手，難道他的身分會比找人還更重要嗎？這兩位姑娘是不是忘了，他們三人正處在一個極危險的地方。

「誰叫你之前什麼也沒跟妹子交代。」槐殤笑道，這抹笑是一種陰沉的冷笑，她一副幸災樂禍的樣子，巴不得他兩人鬧內訌才好呢。

「她什麼時候變成你的妹子了？」蔣暮桓覺得她態度也轉得太快了吧，日前她還想要殺她呢，現在就跟她姊妹相稱了起來。

「你管我呢！我高興叫什麼就叫什麼。」槐殤把頭高高翹起，不再搭理他。

「你們聽這是甚麼聲音？」就在他們兩人忙著拌嘴時，月璃聽到遠處傳來男人的低沉哀嚎聲，以及鞭子抽動的聲音，在陰森的地牢裡產生迴響，聽起來怪恐怖嚇人的。

地牢裡十分陰暗，加上兩旁只有火把照明，幢幢的火影加上此起彼落的哀嚎聲與鞭子抽動的聲音，嚇得月璃停下了腳步，不敢再前進。

月璃下意識的抓起蔣暮桓的手，她敢打賭自己一定是差點把他的手給抓斷，只聽得他深吸了一口氣，隨即她感到一隻溫暖的手，輕輕覆在她的手上，她低頭一看，那是蔣暮桓的手，他正溫柔的朝她微笑，那笑容像似在說：「有我在妳身邊，別怕。」

月璃這才放鬆了手勁，朝他笑了一下，這笑容只維持了短暫的片刻，耳邊再次傳來的聲響讓她全身都僵硬起來，久久無法放鬆。

「有什麼好大驚小怪的，不就是拷打人犯的聲音和犯人哀嚎聲嗎？」槐殤只用眼角餘光瞄了月璃一眼，也不理會停下腳步的她，不以為意的繼續往前走，這種聲音她可聽慣了，有時候她也會幫忙『影』拷打人犯，雖然這種聲音對她說不上悅耳，卻也不像月璃那樣恐慌。

原以為他們會很快的跟上來，走了幾步槐殤沒聽見他們兩人的腳步聲，於是轉過身想看看出了什麼事，只見他們兩人雙手緊握，駐足不前，不悅的皺起了雙眉，譏諷道：「喲，還真是窩心呢，你們要不要去談情說愛算了。」又朝他們倆人不耐煩的招招手：「快走啦，等下被人發現就麻煩了。」

就在這時，不遠處傳來男人低沉的哀嚎聲，讓槐殤豎起了耳朵仔細傾聽了一會兒，她像是發現了什麼寶貝似的雙眼發亮，朝他們催促著：「這好像是項大哥的聲音，快，我們快走。」

（三）

三人尋聲來到一間刑室的外頭，這間刑室是用石頭砌成的，旁邊有一個小鐵窗，從窗戶往裡面看，依稀可以看見裡面的擺設。

只見一個男人的雙手分別被綁在鐵鍊上，那鐵鍊是拴在一個絞架上的，可以通過旁邊的把手調整鐵鍊的長度，他的雙腳則分別被鐵做的腳扣，扣在身後的牆角邊。

這個男人穿著紅色的囚衣，他的面前放著一盆火，他的臉頰上佈滿汗水，分不清是被嚴刑拷打折磨出來的，還是被面前這盆火給熱出來的。

有兩名獄卒手裡拿著長鞭，輪流抽打著他。房間裡放滿了各式各樣的刑具，在那個囚犯的旁邊還有一個囚犯也以同樣的手法被綁住手腳，在他的面前也有兩名獄卒負責鞭打他。

「項大哥有在裡面嗎？」槐殤正透過鐵窗往裡面看，蔣暮桓壓低聲音在耳畔問。

「我看到他了，是左邊的那一個，天哪！他被鞭打得皮開肉綻了，這些人也真夠狠的了。」槐殤咬著牙，忿忿的說著，若非她的雙手拿著雙劍，現下一定緊緊握成拳頭。月璃瞧得出來，她似乎很痛恨秦兵，方才外面那兩個不過只是看管囚犯檔案的官差，可是她下手卻毫不留情，現在她臉上又露出厭惡的表情，月璃就做出這樣的推測。

不過月璃對此卻一句話也沒多問，也許和蔣暮桓相處久了，也開始知道說話要看場合，不是所有的場合都適合討論這些敏感的話題，特別他們這幾個還身處在敵人的地盤，四周都是獄卒，她可不想因身分暴露，被吊在牢裡面，被那些獄卒用鞭子抽打。

「有看到白年洲嗎？」月璃滿懷希望的問。

「沒有，沒看見他，不管了先救出項大哥再說。」槐殤說著就要走上前去開門。

「慢著，不可輕舉妄動，妳要是這麼就衝進去，鐵定會驚動外頭的守衛，況且我們也不知這地牢裡究竟有多少名獄卒，一定不止我們眼前看到的這幾個。」蔣暮桓伸手攔住她，朝她搖搖頭，低說勸阻。

「那你說該怎麼辦？難道我們就杵在這乾瞪眼？還是等人來抓我們？」槐殤雙手抱胸，將背抵靠在身後冰冷堅硬的石牆上，瞪大雙眼盯著他瞧，等著看他能想出什麼鬼點子來。

「我有個主意，妳方才從那人身上搶來的鑰匙還在吧？」蔣暮桓朝她鼓起的袖子望了一眼，靈機一動，忽然間想到了一個主意。

「當然在啦，帶著這串鑰匙走這麼老遠的路，可累死我了。」她從袖中掏出那串鑰匙，林林總總也有二三十把，全部都是用銅打造而成的，帶著這大把鑰匙走了這麼遠的路，險些沒把她的手臂給折騰斷。她又問道：「我們是要進去救人，你要這串鑰匙幹什麼？這些鑰匙是用來開外面那些牢房用的。」

「我知道，我就是要妳和月璃去把外面那些牢房的門都打開，把那些犯人給放出來，好製造混亂，妳想這些人每天被獄卒這般折騰，現在有機會可以可以逃出去，他們還不把握機會？我們只要等這些囚犯全都跑出牢房，就能趁亂救出項大哥。」他說完朝她露出了個得意的笑容，道：「怎麼樣，這個主意不錯吧？」

「嗯，還算過得去啦！雖然我還是比較喜歡使用武力解決問題。」槐殤的語氣顯得有些失望。

「放心，妳的武功一定會派得上用場的，只是時間的早晚而已。」他朝她笑笑，她動不動就愛動武，難道還愁沒架可打？

「慢著，你是要我和她一起行動？」槐殤突然瞪大了眼，指指自己，又指指月璃，直搖頭道：「我才不要帶個拖油瓶。」

「暮桓，我想和你一起。」月璃一聽到要和槐殤一起行動，身子就不由自主的往他挨了過去，前些日子這瘋女人還拿著劍抵著她的喉嚨，揚言要取她的性命。雖然打他們進地牢起，槐殤也沒對她做出什麼不利的舉動，可是誰知道她會不會趁蔣暮桓不注意的時候，在背後捅她一刀，想到這裡她全身汗毛都豎了起來。

不是她膽小，而是槐殤根本就是一個瘋子。

「月璃，妳放心，槐殤此番是為了救項羽而來，目標並不是妳，況且她若真要殺妳的話，方才早就動手了。再說，我們現在三人可說是在同一條船上，她再笨，也不至於和自己人鬧內訌，讓那些獄卒坐收漁人之利，所以妳安心跟著她，她會照顧妳的安危的。」蔣暮桓說完，朝槐殤友善的笑了笑，看到槐殤正在瞪著自己，他就知道他分析得沒錯。

「你如意算盤打得還真精，要我幫你照顧她，沒門。」槐殤不悅的瞥過頭去，她才不要當保姆呢。

「我幫妳救項大哥，你幫我照顧月璃，很公平。除非妳有把握對上皇宮層層的守衛，又帶上一個剛受過大刑，身受重傷的人，還能全身而退。」蔣暮桓吃定她一定不會拒絕的，因為她擅長打鬥而非動腦，一定想不出更好的法子來。

「那好吧，不過你要是敢食言的話，小心我宰了這個小妮子。」槐殤在月璃脖子上用手比了個斷頭的動作，警告性的瞪了他一眼，她實在是一百個不情願，但眼下也只能如此了。

「那就這麼說定了。」蔣暮桓心裡清楚，她不過在虛張聲勢罷了。

現在情況也由不得月璃說不，雖然她很不想跟槐殤一起行動，不過她也知道完全不懂武功的她，若是強行跟著蔣暮桓，也只是會拖累他而已，到時候說不定誰也逃不掉。

她不情願的走向槐殤，一雙眼睛依依不捨的盯著蔣暮桓。

「呶，這些鑰匙給妳，我們一人開一半，不用全都放出來，放幾個應該就足夠了。」槐殤把鑰匙分成兩堆，將其中一堆交到月璃的手上，又說：「妳剛好可以趁機看看有沒有妳要找的人。」

「可是這麼多鑰匙，我哪知道哪個門該用哪一把開啊？」月璃盯著手中的那堆鑰匙，光找出來哪個門該用哪一把開，恐怕也得花費許多時間了。

「這些鑰匙上面都有編號，妳只要看牢房上的編號，就知道哪一把該開哪一個門了。」蔣暮桓從月璃手裡拿起其中一把鑰匙，拿到距離他最近的的火炬前，就著火光，指著其中一把鑰匙上的小數字，好讓他們兩人都能看得清楚。

「你知道得還不少嘛？不會以前也待過這裡吧？」槐殤冷笑了一下，她總是不放過任何挖苦他的機會。

「別說笑了，趕快各自行動吧，等你們把放人放出來之後，我就先衝進去救人，等下大家在外頭跟我會合。」他把鑰匙又放回月璃的手裡，朝她們揮揮手，自己則走到刑室外頭的鐵門前，準備行動。

「不用我回來支援你嗎？」槐殤有點不想讓他一個人獨占鼇頭，而她空負一身武功，居然只是做些開牢門的瑣事，想想真不甘心。

「不用，妳只要照顧好月璃就可以了。」蔣暮桓搖搖頭，對付這幾個獄卒他還是有把握的，況且不到緊要關頭他是不會輕易動武，這也是他不要槐殤跟隨的原因，因為他知道有槐殤在的地方就有血腥與死亡。

「知道啦，你已經說了兩遍了，囉唆！」槐殤說完，就捧著一大把鑰匙到剛才經過的牢房那裡開門去了。

月璃也準備轉身跟隨槐殤而去，卻被蔣暮桓抓住左手的手腕，她一回頭只見他臉上露出凝重的神色，像是有話要對她說。

「一切小心，如果遇上什麼危險，切記要保護好自己，知道嗎？」他最放心不下的就是月璃，他與槐殤都是身懷絕技之人，就算真動起手來也能照顧好自己，可是月璃可就不同了，她根本就不懂武功，也沒有保護自己的能力，如果讓她受到傷害那可就不好了。

「我會照顧好自己的，你別擔心我，暮桓，等會兒見。」其實月璃心裡也是怕得要命，可是見他如此放心不下，也不敢把心中的害怕表現出來，反而拍拍他的手背，要他放心。說完，月璃就轉身離開，她努力加快腳步跟上槐殤的步伐。

蔣暮桓在原地等了一會兒，沒多久就聽到外面有犯人喧嘩吵鬧的聲音，心想應當是槐殤和月璃已經成功放了幾個人出來，也是時候該他行動了，於是就打開刑室的門，走了進去。

「你是誰？怎麼進來的？」幾名正在鞭打犯人的獄卒，見到他走了進來，全都停止鞭打的動作，其中一名最靠近他的獄卒問道，看來他們還沒聽到外面吵鬧的聲音。

「我是蒙將軍的下屬，你們與其追究我的身分，不如趕緊出去看看吧，有幾名犯人脫逃了，現在外頭正一團亂呢。」蔣暮桓指指刑室的外頭，故做慌張的道。

「有這回事，我們出去瞧瞧。」其中一名獄卒說完，對身旁的另一個點了點頭，兩個人隨即跑出去查看。

「蒙將軍的部下，怎麼會到地牢來？」另外一名獄卒狐疑的盯著他瞧，有點不太相信他說的話。

「這是我的令牌，這可是蒙將軍部下才有的，看清楚了。」蔣暮桓又取出方才那枚銅製的令牌，高高舉起好讓其他幾名獄卒瞧個清楚。

「真的是蒙將軍軍中的特製令牌，可是蒙將軍怎麼會突然派人過來？」其中一個獄卒感到有點奇怪。

「哪來這麼多廢話，要打就快打，老子可沒閒工夫等。」項羽批散著頭髮，雖然被折騰得皮開肉綻，聲音卻如洪鐘一般響。

「放屁，這裡哪還輪得到你說話的份。」那名獄卒很不高興的，舉起鞭子正要往他身上抽，卻被蔣暮桓一手握住鞭子。

「你這是什麼意思？」另外一名獄卒從他面前的火盆中，取出一個火鉗子，指著蔣暮桓。

「這位是蒙將軍要的人犯，你們要是把他給打死了，看你們怎麼跟蒙將軍交代？」他知道這些獄卒素來都忌憚蒙將軍的威名，故意抬出他的名號來嚇唬他們。

「呸，蒙將軍又如何？這地牢裡咱們爺們是最大的，蒙將軍在邊關殺敵，又怎管得了牢房這些雞毛蒜皮的小事，再說了這個人犯可是皇上吩咐要嚴加審問的，蒙將軍官階再大，也不可能大得過皇帝老子吧？小子我勸你趕緊離開，否則休怪爺不客氣。」獄卒手裡拿著火鉗子，在蔣暮桓的身前晃了晃，語帶威脅的說。

蔣暮桓唯恐這燒紅的火鉗子燙到自己，趕緊往後退開了一大步，一不小心差點撞翻了身後的熱騰騰的鐵鍋。看來這審訊室中處處是陷阱，他得趕緊把握時機，想辦法帶項羽逃出去才是。

另一名獄卒也附和道：「就是，況且若蒙將軍真的派人來提調人犯，也該會事先通知，我們並未接到上頭的任何指示，誰知道你是不是真是蒙將軍派來的？」

「再不快走，就是討打。」其餘幾名獄卒都手拿著鞭子或火鉗子，紛紛朝蔣暮桓圍了過來，煞氣騰騰的樣子。

「唉，看來還是避不了了，本來想和平解決的。」蔣暮桓嘆了口氣，他早有心裡準備要動手，他在心裡數了一下刑室裡的獄卒人數，大約只有七八人，比他想像中的要少，不過這地牢裡可不只這間刑室，一旦動起手來可能會引起其他刑室的獄卒注意，所以他決定速戰速決。

他剛剛在刑室外面，已經暗暗蓄勁，此刻他稍加催化體內已被他逼至頂峰的劍氣，將注意力集中在面前熊熊燃燒的火盆，突然火盆的火焰突然向上竄升，形成一把火劍，他以劍指操縱著火劍，橫掃面前的獄卒。

獄卒見狀，紛紛拿起手中的長鞭和火鉗子，抵擋火劍的攻擊，可是這火劍就像無形的一樣，任何兵器都傷不了它，蔣暮桓繞著刑室走了幾圈，劍指在空中比劃著，那把火劍迅速的攻向那些獄卒，他們手中的武器也被火劍擊落在地，有些人躲避不及，還被火劍燒到了手臂或者臉頰。

最後這些獄卒都放棄抵抗，哭爹喊娘的紛紛奪門竄逃而出。

蔣暮桓眼見獄卒逃走，就鬆開了操縱火焰的劍氣，那火焰又回到了火爐中，恢復先前的模樣。剛剛逃走的一名獄卒，大概太過慌張不小心把鑰匙遺落在地，他撿起地上那把鑰匙，替項羽解開手腳上的鐵鍊。

「項大哥，我們得趕緊走，那些獄卒很快就會回來了。」他扶著傷痕累累的項羽，低聲向他說道。

「哈哈，好樣的蔣兄弟，幾年不見你的心劍更加出神入化啦！」項羽朝他肩膀拍了拍，道：「沒想到來救我的竟然是你，真是想不到。」

「有什麼話等出去再說吧，槐殤還在外頭接應我們呢。」蔣暮桓其實擔心的是月璃，她這會兒不知如何了，希望她沒事才好。

「槐殤那丫頭也來啦！真是好，咱們這幾人終於又聚在一起了，今天老天不亡我項羽，明日就是秦朝的末日，哈哈哈。」項羽朗聲笑道，不知是否笑得太用力，牽扯了身上的傷痕，他忍不住咳了幾聲。

「項大哥，且莫再說話，咱們還是快些離開，以免橫生枝節。」蔣暮桓將項羽的一隻手臂繞過脖子，搭在自己的肩上，扶著他踉踉蹌蹌的走出審訊室。

第五章

星術之力

（一）

月璃跟隨槐殤一塊兒去開牢房的門，她們順利的放出幾個人犯，這些犯人大多都皮開肉綻，有幾個人還手腳殘廢，身上都帶著血漬，看起來格外的恐怖。

果然和槐殤先前猜測的一樣，這些犯人被關得久了，而且每個人身上都帶著傷，輕微點的是皮開肉綻，稍微嚴重點的，就是斷手斷腳，有一個犯人特別令月璃印象深刻，他身上的皮膚都成焦黑色，一靠近他就有一股刺鼻的臭味，這人的傷口有些都化膿了，幾隻蒼蠅一直繞著他身邊打轉，當他見到月璃靠進牢房鐵門時，睜開一隻眼睛，瞪視著她，另外一隻眼睛已經燒成焦炭，月璃被他這麼一瞧，險些鑰匙拿不穩，差點掉落在地。

當這些犯人離開牢房，立刻就引起看守牢房獄卒的的注意，七八個獄卒迎上前來，一發現搗亂的人是槐殤和月璃，他們立刻分成兩小組，一組負責去捉其他的人犯，另一組則來捉她們倆。

「妳快走，我來的時候看過這地牢的路線圖，別往來的方向走，往那裡有一個出口，快、用跑的。」槐殤眼看有幾名獄卒正朝她們衝了過來，就朝與來時相反的方向指去，告訴她該往哪個方向逃。

「那妳呢？」月璃發現其中一名獄卒，去叫了更多的伙伴來，現在至少有十幾個人往她們這邊衝了過來，加上從刑室跑出來的幾名獄卒，快要二十個人了。

「這點陣仗對我而言是小菜一碟，一旦動起手來，我無法分神照顧妳，妳如果實在找不到出口，至少也要找個地方躲起來，等我解決她們之後自然會去找妳。」槐殤朝她露出了一個笑容，這個笑容比以往她見過的都友善許多。

「嗯，謝謝。」月璃朝她點點頭，就往她指的方向快速跑去，她一面跑聽到有人在她身後喊，「不要跑……」那個聲音還沒停止，就聽到一聲悶哼，她好奇的轉過頭一瞧，發現槐殤手中的短劍上沾著血，那名獄卒倒落在血泊裡，喉嚨上還不斷的流出鮮血。

槐殤揮舞著手中的短劍，幾乎是一劍一個，但是獄卒不斷的湧上來，一個倒下又衝上來另一個，這些獄卒手中都拿著大刀，看起來就像劊子手似的。

槐殤說得沒錯，她光是應付這些一擁而上的獄卒就已應接不暇，沒法分神去照顧她。

一名獄卒發現了月璃，手裡拿著大刀往她這邊衝過來，舉起大刀往她頭上砍去，她迅速的蹲下身去，雖然躲過了那一刀，可是頭上的帽子卻被打落，一頭白髮散落在肩上，被牆壁上的火炬照得發亮。

「還不快走，楞著幹嘛？」槐殤見到月璃遇險，雖然想要過去救她，可是她面前圍了七八個獄卒，還有幾個從遠處正跑來支援，她實在是分身不暇。

那名獄卒拿著大刀又往她身上砍去，月璃趕緊拔腿就跑，跑了一陣依然聽到後頭有人追趕的腳步聲。

她拼命的往前跑，可是一路上都沒看到什麼出口，到處都是堅硬的石壁和牢房，牢房裡的人犯用渙散的眼神望著她，就像垂死之人無助的眼神一樣，瞧得她心裡發毛。

就在這時，她突然感覺有一個人跑到她身邊，她以為是那獄卒追了上來，於是就跑得更快。

「小姑娘，別跑這麼快，等等老夫。」那個人以低沉沙啞的嗓音叫喚她。

「你是……這裡的囚犯？」月璃停下腳步，轉過頭看到一個滿頭白髮的老人，那名老人駝著背，頭髮披散在肩上，身穿著囚衣，走路一拐一拐的，他的駝背看起來不像被獄卒拷打折磨的，而像是天生就有的。

她想起剛才開牢房時，放了不少犯人出來，也許這個老人就是其中一個吧。

「咳、咳，算是吧，剛才是妳打開牢房，我才能出來的，難道妳不記得啦？」那名老人露出泛黃的牙齒，朝她露出一個難看的笑容。

「剛才太過慌亂，我沒注意到，老丈，你知道出去的路嗎？」月璃看到面前就有一個岔路，正猶豫該走哪一條。

「跟我來，我被關進來的時候有稍微記路，應該是走左邊。」那名老人說完，就捉著她的手朝左邊走去。

月璃不知該不該相信一名陌生老人的話，可是除了跟著他走之外，她已經別無他法了。

「妳這一頭白髮，是天生的吧？」老人一邊走，一邊盯著她瞧，彷彿她臉上有什麼東西似的。

「是啊！」她摸了摸頭，這才發覺頭上的帽子掉了，難怪他看得見她頭髮的顏色，沒有帽子的掩飾，現在誰都能一眼輕易的瞧出她是個姑娘了，不過此刻她也無暇去管帽子的事，加快了腳步，只想趕緊離開這裡。

「妳是不是可以透過觀星，看出一個人的未來？有的時候，妳會在人的身上看見星星的光芒。」那名老人也快步的跟了上來，還一邊走一邊問道。

「你怎麼知道？」她詫異的停下腳步，雖然她知道她不應該停下，可是這名老人說的話實在太令她震驚了。

「嘿嘿，因為老夫跟妳是一樣的，人家都怎麼稱呼我們這種人，嗯，讓老夫想想……」老人又朝她笑了一下，隨即摸著下巴的白色長鬍子沉思了一會兒，像似想到什麼的睜大了雙眼，道：「哦，想起來了，外面的人管我們叫星術師。」

「你是……白年洲？」她馬上就聯想到這個人的身分，雖然她也曾想過皇宮地牢裡，也可能關著其他星術師，不過她直覺眼前這明年邁的老人，應該就是她要找的人。

「妳知道我的名字，嘿嘿，不過我也知道妳的，剛剛第一眼看見妳的時候，我就在妳身上看見妳的星魂了，雖然很微弱，不過還是比其他人來得耀眼。」白年洲說這話的時候，眼裡閃爍著光芒，連聲音都高昂許多，他激動的捉住她另一隻手，那個表情就像是在泥沙中發現珍珠那樣的興奮。

「什麼是星魂？」月璃對這個名詞感到陌生，她揚了揚眉問。

「每個人身上都有星魂，就是本命星在那個人身上的投射，妳無須透過觀星也能看出那個人的未來，妳身負異能，不會連這個都不知道吧？」白年洲有些驚訝她連這個星術師最基本的常識都不知，不過還是耐著性子向她解釋。

「從來沒人告訴過我啊，這就是我為什麼要千里迢迢跑來找你的原因，我想……」正當月璃還想說下去的時候，身後傳來那名獄卒的聲音：「不要跑。」雖然還沒見到獄卒的人影，她已經嚇得臉色蒼白了，若是被追上，不會武功的她，可是一點抵抗的能力都沒有啊！

「怎麼辦，那個人追上來了，我們快跑。」她往前跑了幾步，沒聽到白年洲跟上來的腳步聲，回頭一看，才發現他遠遠的落在後頭，一邊扶著身旁的石壁，一邊費力的邁開步伐，走沒幾步就停下來喘著大氣。

「小姑娘……別跑這麼快……」白年洲朝她招招手，他倚著牆大口大口的喘氣，好像要把所有的空氣都吸進肺裡一樣。

「您沒事吧？要不，我揹著您走？」月璃又走回他身邊，她只想著要逃命，卻忘了白年洲年事已高，想跑也跑不了。

她感到有點奇怪，白年洲雖然看起來像個五、六十歲的老丈，卻也不應該走沒幾步路就氣喘吁吁，她猜想大概是他長年被關在這種不見天日的地方，又遭受獄卒嚴刑拷打所致，不過和其他犯人比起來，他身上幾乎看不到傷痕，這就讓她更為不解，既然沒受傷，為何他的體力會這麼差？難道還有什麼傷，是她看不見的嗎？

想到這裡，她不禁打個寒顫，若是像一般犯人那樣傷痕累累，她倒是不感覺害怕，因為那些都是皮鞭、燒紅的鐵器燙傷造成，可是白年洲身上的傷，卻讓她隱隱感到不安，究竟是什麼樣的人，可以不用刀劍，卻也能將人傷成如此地步。

「小姑娘，多謝妳的好意，不過……」白年洲話說到一半，又深呼吸了幾口氣，等呼吸比較平順了才道：「除了逃跑，其實還有另外一個辦法，可以擺脫後頭的傢伙。」他朝身後指指，只聽得那名獄卒的腳步聲越來越接近，月璃的心跳不由得加快了起來。

「要怎麼做？」她稟住呼吸，在心裡頭默默的數著腳步聲：一、二、三……每一下都比先前的更大，可見那獄卒就在離他們不遠的地方，他們如果一直待在這裡，用不了多久，就會被趕上的。

還沒等她反應過來，只見那名獄卒已經追了上來，他揮舞著手裡的大刀，朝他們兩人衝了過來。

「站住，不要跑。」那名獄卒一邊衝過來，一邊大喊著，他看起來一副兇神惡煞的模樣，宛如地府前來拘魂的鬼差。

月璃只覺得心臟快要從喉嚨跳出來了，手心不斷的冒出冷汗，她想跑，雙腿卻不聽使喚，眼睛直勾勾的瞧著離他們越來越進的獄卒，心裡頭一點法子也沒有，她轉頭望著身旁的白年洲，希望他真的能有辦法才好。

「用妳的天賦，附耳過來，我教妳。」白年洲朝她勾勾手指，要她彎下腰來，在她的耳畔輕聲說道：「妳看得到他身上的星魂嗎？像星星那樣發亮的光芒。」

「沒……啊，有了……但是很微弱。」她起初什麼也沒看見，後來集中精神就看到了。

「那就是了，妳現在集中注意力在他的星魂上，去找出他可能發生的未來，然後去想像這個未來已經成真，妳試試。」白年洲在她耳畔指示著她應該怎麼做。

月璃點點頭，她照著白年洲說的去做，她注視那個人的星魂，把那個人正在追趕著她的事暫時拋卻腦後。她試圖找出那個人可能發生的未來，她看到這個人將在十年後生一場大病死掉，她閉上眼睛試著去想這個未來已經成真。

「你們兩個，還往哪裡逃？」那名獄卒此時已經衝到他們面前，凶神惡煞的舉起大刀正要朝白年洲身上砍去時，只聽得那人一聲慘叫，當月璃睜開眼睛時，那個人已經吐血倒地不起，他在地上掙扎了一下，沒多久就斷氣了，雙眼像死魚一樣瞪得大大的。

「哈哈，原來這個人是得肺癆死的，活該！」白年洲走到那人旁邊，彷彿和他有深仇大恨似的朝他用力的踢了一腳，那名獄卒一動也不動，看起來毫無知覺，他手中還緊握著大刀。

「怎麼會這樣？我……居然殺人了？」月璃在見到倒在地上的那個獄卒時，下意識的往後退了一步，直到身子撞上了冰冷堅硬的石牆，她才有點搞清楚這是怎麼一回事。那個人已經死了，他之所以會死，是因為她使用了星術之力，讓他生命中的某個未來提早發生，他原本不該這麼早死，換言之，是她殺了他。

她有點難以置信的看著那個人的屍體，她從來沒想過她會殺人，她根本不想殺任何一個人啊！她方才一心只想擺脫這名獄卒的追趕，白年洲怎麼說她就怎麼做，完全沒想到一個生命就在她手中死去，這和拿刀殺人又有什麼不同。

「不，我不是殺人犯，我只是出於自衛而已，不這麼做的話，現在倒在地上的就是我和白年洲了」，她在心裡吶喊。她得用手摀著自己的嘴，才沒驚叫出聲，直到現在，她還是不敢相信，她居然殺了人！

「不是妳殺了他，是他本來就要死，妳只是讓這個未來提前發生而已，這就是星術師的能力，嘿嘿，厲害吧？」白年洲朝她得意的笑道，從他的神情看來，那個人顯然是死有餘辜，一點都不值得同情。

月璃還沒來得及答腔，突然感到一陣暈眩，她得用手扶著牆壁，支撐身體，才沒有一頭栽在地上。白年洲見狀，趕忙上前伸手攙扶她，關切的問道：「妳沒事吧？使用完星術之力都會這樣，休息一會兒就好了。」

她倚著牆休息了一會兒，頭漸漸的不那麼暈了，也開始慢慢接受她有異於常人能力的這件事，緩緩說道：「嗯，那這樣以後我就不需要人保護了，還可以保護蔣大哥和槐殤她們，如果以後有人要傷害我，或者我身邊的人，我就能使用這個能力去對付敵人。」月璃勉強擠出一絲笑容，這大概是讓她感到唯一安慰的事情，她不再是個手無縛雞之力，處處要人保護的小姑娘了，她可以用這能力去保護她想保護的人。

她從來沒想過她可以讓人的未來提前發生，以往她都只是透過觀星，得知人們的命運，她從來沒想到，她居然可以去操控這些人的未來。

雖然得知這樣的能力讓她感到欣喜，卻也莫名其妙的擔憂起來，這世上不知還有幾個如他們這般的星術師，如果每個星術師都能隨心所欲的使用這樣的能力的話，那不就等於是主宰命運的神了嗎？

「不行，星術之力只有在妳非常危急的時候才能用，每一位星術師的星術之力都是有限的，一旦用盡就會死亡，而且也不能用在違背生死的自然法則上，否則將會受到星術之力的反噬，會有非常嚴重的後果。」白年洲皺了皺眉，一臉嚴肅的警告她，他教她如何使用，不代表她可以亂用。

「什麼後果？」她開始有點擔心起來了，一方面也稍微放心了些，這就代表以後如果遇上其他的星術師，不需要太過擔心，他們會用同樣的法子來對付她，或是任何一個她所關心的人。

「這個以後再告訴妳，現在先找路出去吧，這個鬼地方，我可一刻也不想再待下去了。」白年洲呼吸已經和緩許多，他要月璃攙扶著他，尋路離開牢房。

月璃覺得待在白年洲身邊，比待在任何地方都要來得安全，也不介意與他同行，她伸出手來攙扶著他，她盡量不要走得太快，配合著他的步伐，就這樣不知在牢中走了多久？最後終於給他們瞎貓碰上死耗子，找到了通往地面上的樓梯，兩人依序的爬著樓梯，迎向出口的亮光。

（二）

等到月璃和白年洲終於出來後，他們又回到之前放卷宗的那個房間。蔣暮桓和槐殤已經在那裡等著他們了，他們身旁還多了一個人——項羽。

「月璃，妳沒事吧？有沒有哪裡受傷？」蔣暮桓一見她走了出來，馬上迎了上去，把她全身打量了遍，深怕她受到半分傷害。

「暮桓，我沒事，不用擔心我。」月璃一手放在胸前，喘了幾口大氣，經過激烈的奔跑之後，到現在還有些喘，等她呼吸緩和了之後才朝他笑了一下，雖然頭還有些暈眩，不過為了不想讓他擔心，所以沒有表現出來。

「你就只知道關心你的月璃妹子，剛才我出來的時候，你連問都沒有問一聲。」槐殤吃味的哼了一聲，雙手抱胸的盯著他們倆，同樣都是女人，怎麼他的態度差這麼多。

「我比較擔心被妳打傷的那些人，他們的傷勢一定比妳慘重。」蔣暮桓朝她咧嘴一笑，險些沒把她氣得半死。

「蔣、暮、桓，等出去我一定要再跟你比試一場，看是你的心劍厲害，還是我的雙劍強？」槐殤不服氣的以其中一把短劍指著他，恨不得在此就將他給大卸八塊的模樣。

「小伙子們，我們現在可還沒有完全脫離險境，你們也該吵夠了吧？項羽輕咳了一聲，他深怕他再不出聲，他們會吵得沒完沒了。

「對不起，項大哥，你說得對我們應該趕緊離開此地。」蔣暮桓有些不好意思的說道，彷彿自己做錯什麼事似的。

「項大哥？你就是大名鼎鼎的項羽，呵呵，我曾聽爹提起過你，是個了不起的大人物呢。」月璃看見項羽興奮得雙眼發亮，要不是她身處在皇宮地牢的入口，她還真的會又蹦又跳高興上好一陣子呢。

「哦，小姑娘，妳就是那個星術師？方才槐殤跟我提起過妳，這沒想到妳居然這麼的……年輕。」項羽將她從頭到尾打量了一遍，實在很難叫人相信，這麼小的一個姑娘，居然身懷預知未來的能力，這世界上果真無奇不有。

項羽雖然頭髮散亂，身穿囚服，衣服上沾滿了血漬與鮮血，身上的皮膚幾乎無一處完好，可是他的雙眼依然炯炯有神，似乎這點小小的皮肉傷對他而言沒有半點影響。

「你可別看她年紀小，我徒兒可是很厲害的，假以時日她一定能繼承老夫的衣缽。」白年洲有點不滿大家忽略他的存在，輕咳了兩聲引起他們的注意，說話的聲音顯得有些沙啞。

「喲，我道這糟老頭子是誰呢？方才一時眼拙沒瞧出來，這個不是那個大名鼎鼎的星術師白年洲嘛，失敬、失敬。」槐殤一手插著腰，語帶譏諷的道。

「哼，你這女娃子還是狗嘴裡吐不出象牙來，真該找個婆家好好管管妳。」白年洲不悅的哼了一聲。

「等等，我什麼時候變成你徒弟啦？」月璃有點詫異用手指著自己，又轉頭望向白年洲，她可不記得自己有行過拜師禮，他們才剛認識沒多久呢。

「方才在地牢時我不是教過妳如何使用星術之力嗎？那妳還不是我徒弟，難道妳想賴帳？」白年洲瞪著她說道。

「這、這、這……也太誇張了吧？」月璃張大了嘴巴說不出話來，哪有人這麼渴望收徒弟的啊，簡直是用搶的，也沒徵求過她的同意，不過隨便教了她一點東西，就以她的師父自居。

「一點都不誇張，妳如果不想當我徒弟，就把我剛才教妳的東西還給我，那咱們就算撇清關係。」白年洲得意的說，因為他知道這是不可能的。

「這要怎麼還啊？對了，怎麼槐殤姊姊認識白年洲？先前怎麼不跟我說？」月璃有點訝異他們倆居然認識，而且看起來彼此都對對方沒有什麼好印象。

「妳又沒問，我有義務什麼事都跟你報告嗎？」槐殤雙手抱胸，不太高興的瞪了她一眼。

「叫師父，少沒規矩了。」白年洲聽到月璃直呼自己的名諱，不太高興的踩了她一腳。她痛得驚呼了一聲，蔣暮桓連忙將她拉到自己身旁，又向白年洲做了一個揖，道：「老前輩，如果璃兒有什麼得罪之處，晚輩蔣暮桓代她向您賠禮了。」

「嗯，還是這個年輕人有禮貌，老頭子喜歡。」白年洲見他長得一表人才，又懂得敬老尊賢，當下對他大有好感。

「白老，你就不要欺負人家小姑娘了，現在可不是耍嘴皮子的時候，我們要是再不走，等下驚動守衛可就走不了啦。」項羽顯然也認識白年洲，他催促大夥兒趕緊動身。

就在一行人正要步出存放卷宗檔案的房間時，只聽得門外有人大喊：「蒙將軍在此，汝等速來出降。」

「不好，看來事情棘手了。」蔣暮桓一聽蒙將軍名號，心頭一驚，他沒想到一路上冒用蒙恬的名號，現在蒙恬本人真的來到這裡了。他看到門外隱約有火光閃爍，知道來人必定不少，現在這裡八成被圍個水洩不通，看來他們已經驚動宮裡的守衛了。

「哈哈，怕什麼，管他蒙將軍還是戚將軍，就算是皇帝陛下親臨，老子也不怕。蔣兄弟，月璃姑娘就交給你保護了。」項羽豪氣干雲的大笑了一聲，他拍拍胸脯，無視門外的千軍萬馬。他長這麼大可從來沒怕過什麼人，加上長年征戰沙場，這點陣仗對他來說可是小兒科。

「還是先出去瞧瞧再說吧。」蔣暮桓深呼吸了一口氣，為將要映入眼簾的景象做好心裡準備，然後率先開門走了出去。

一走出門外見到大批人馬將此地團團圍住，站在最前面的一排士兵一手拿著兵器，一手拿著火把，站在後面的是一整排弓箭手，一看就知道是訓練有素的軍人。

最令他頭疼的是，領頭的蒙恬。蒙恬騎在白馬上看起來威風凜凜，一身鎧甲看起來威猛無比，聽說這鎧甲還是陛下親賜的。站在他身旁的是副將秦虎，而更旁邊的那個人則是方才負責看守地牢的獄卒，顯然是他去通風報信的，否則蒙恬將軍怎會親自前來。

「我說誰有這麼大的膽子，敢假冒我的名號，原來是你蔣暮桓，你竟敢用我的名號去劫囚，你眼中可還有秦朝軍紀？」蒙恬一見是他，雙目怒睜，手拿馬鞭指著他罵道。

「我就說蒙將軍怎麼會突然派人來提調人犯，所以就敢忙去向蒙將軍求證，幸好正逢將軍出征回宮，這才沒有誤了大事。」那名獄卒一副賊頭賊腦，幸災樂禍的模樣，只差沒有拍手叫好。

「原來是你這傢伙跑去通風報信，早知道就該先滅了你。」槐殤拿著手中短劍指著那名獄卒罵道。

「將軍，屬下知罪，可是屬下這麼做並沒有違反軍令，當初屬下奉命去保護月璃姑娘，如今正是將她安然無恙的帶回宮裡，如此也算是將功折罪了吧？」蔣暮桓走上前朝蒙恬跪下，他故意這麼說，是為了爭取時間好讓月璃他們趁機逃跑。

「嗯，我是有下過這道命令，你不說我都還忘記了，這個小姑娘就是李斯要找的人？」蒙恬這才回想起，當初李斯向他借一個人去保護一個女子，事情都過了許多年，他都把這事給忘了。

「是，屬下潛伏民間四年，才找到機會接近她，並且得到她的信任，這次劫獄也只是為了要將她帶回宮中，交與丞相發落，絕非有意要違背軍令，還請將軍明鑑。」蔣暮桓一邊說，一邊偷瞄了槐殤一眼，向她使個眼色，要她配合他的演出。

「嗯，既是如此，那你就把他們幾個給我拿下吧，本將軍可以既往不咎，免你死罪。」蒙恬指指他身後的項羽幾人，他對蔣暮桓的話並未有太多的質疑，一來蒙恬對自己的麾下一向有相當的自信，他治軍嚴謹，稍有不服從者，必斬，所以手底下的人無不服從。

再加上蔣暮桓本來就是蒙恬麾下的一名將佐，本來他的年紀尚輕，又無軍功在身，是沒資格擔任將佐一職，只因他會使心劍，有過人之處，才破格提升。當年李斯要求蒙恬派一個人，說要去保護一個小姑娘，這些軍士們無人願意擔任這個差事，他們都寧可戰死在沙場，也不願去保護一個娘們，遭人恥笑。當時，就只有蔣暮桓自願執行這個任務，蒙恬見無人可派，也就只有派他去了。

「哼，我就說叛徒不可相信，這話果然沒錯，秦狗納命來。」她故意朝蔣暮桓破口大罵，說完高舉手中雙劍就朝他砍了過去，蔣暮桓虛與委蛇的與她拆了幾招，卻始終沒有使出真功夫。

槐殤深知蔣暮桓的為人，如果他要出賣她的話，早就出賣了，斷不可能等到現在，他剛才所言分明只是為了爭取時間，伺機逃脫。

項羽也看出蔣暮桓是故意這麼說，並非是出自真心，於是也配合的大喊道：「蔣兄弟，我真是看錯你了。」說完就一腳踢了最前排拿著火把的士兵的肚子一腳，趁他痛得彎下腰際，奪走他手中的武器，朝那些士兵砍去，那些士兵也紛紛衝上來想要抓住項羽，可那項羽雖然受傷仍像一頭猛虎似的，以一擋百，毫不遜色。

「暮桓，原來這一切都是你騙我的，枉費我是這麼的信任你，可是你卻……」月璃不知方才蔣暮桓是故意這麼說，她還真的以為他要把她交給蒙恬，一時之間又氣又傷心，險些要哭出來。

又見槐殤與項羽朝他破口大罵，還信以為真，以為蔣暮桓真的要把她給賣了。

「笨哪！還杵在這裡幹嘛，還不快走，跟我來。」白年洲也看出來蔣暮桓只是逢場作戲，好替他們爭取時間逃跑，他趕緊拉著月璃的手，跑回剛才那間存放卷宗的大殿裡，把她拉到最裡排的櫃子旁蹲下。

外面那些士兵把注意力都放在項羽和槐殤兩人身上，誰也沒注意到少了月璃和白年洲兩個人。

「師父，暮桓居然出賣了我們，他還要把我交給蒙恬。」月璃眼見暫時沒有人追上來，才忍不住用雙手摀住臉，傷心的哭了起來。

「傻丫頭，妳到底在哭什麼？難道妳沒瞧出來那小子是故意這麼說的嗎？妳想想，如果他一開始就打算只是要把妳騙進宮來，那他根本不必冒死去劫囚，直接把妳交給蒙恬或李斯不就行了，幹嘛這麼大費周章？」白年洲雖然不是很清楚他們為什麼要去地牢劫囚，不過他也猜得出一二，至少看得出來蔣暮桓並沒有害她之心。

「可是他從來就沒告訴過我他的身分，而且他方才說他一開始接近我是別有用心的。」想到這裡她哭得更傷心了，覺得自己真是受害者了，想說反正橫豎是死，就索性哭個夠。

「唉，別哭了，老頭子都快被妳煩死了，等妳哭完剛好出去給他們收屍去。」白年洲雙手摀住耳朵，聽她這麼一哭，他也跟著心煩意亂了起來，本來是想勸她的，誰知道越勸越糟糕。

「那該怎麼辦啊？我現在都不知道底應該幫誰了？槐殤她曾經想要殺我，而現在暮桓又是蒙恬派來的臥底，我都分不清誰是好人誰是壞人了。」她稍微止住哭泣，她很想相信白年洲的話，蔣暮桓對她沒有惡意，可是在這種情況下她實在不知該不該再相信他。

「好，那我問妳，姓蔣那小子有傷害過妳嗎？他有曾經做出對妳不利的事情嗎？」白年洲問。

「那倒是沒有，暮桓他一直都對我很好，很照顧我，而且方才在地牢裡還一直很擔心我的安危，啊……我知道了，他應該只是為了分散蒙恬的注意力，才故意那麼說的，就算他真的是蒙恬派來找我的，我想他應該也不會真的傷害我才對。」月璃靈機一動，這才想到之前槐殤曾經提到過蔣暮桓的身分，可見她早就知道他是蒙恬的部下，可是依然願意跟他合作一起劫獄，可見她早就知道蔣暮桓不會真的出賣他們，剛才槐殤可能是故意這麼說的，為的是要引開蒙恬的注意，製造逃跑的機會。

既然連槐殤都願意相信他，她也實在沒有理由不相信他，況且如白年洲所說，他若真有害她之心，根本不必等到現在。

「感謝老天爺，妳終於想通了，還不算太笨。」白年洲咧嘴笑了一下，他總算沒收了個笨徒弟。

「我要出去幫他們，蒙恬人馬這麼多，他們現在一定很危險。」月璃破涕為笑，用袖子擦拭眼淚和鼻涕，她站了起身準備走出去。

「喂，等等，妳現在出去只是自投羅網而已，我知道這裡有個祕密地道，我們先從這裡逃出去，姓蔣那小子武功不弱，妳現在出去只是會讓他分心而已。」白年洲拉住她的手腕，阻止她道。

「我是不會丟下暮桓自個兒逃跑的，況且方才槐殤姊姊也幫過我，還有項大哥，他們都是好人，我不能讓他們出事。」經過方才劫獄一事，她已經對槐殤改觀，了解到槐殤其實必沒有她表現得這麼壞，月璃下定決心，要與他們同生共死。

「老頭子真是服了妳了，一會兒晴一會兒雨的，等等……妳該不會想使用星術之力幫他們吧？」白年洲有股不好的預感，濫用星術之力無疑自殺行為，真後悔教會她使用。

「對啊，這還多虧師父告訴我如何使用呢，您放心，這次用完我不會再用了。」她說完甩開他的手，逕自的走了出去。

「唉，等等……」白年洲本來想繼續勸阻，可是她已經走出屋外，他也只好跟了上去。

（三）

月璃一走到大殿外頭，看到他們已經打成一團了。

士兵們手裡拿著大刀和火把，朝項羽和槐殤攻了過來，幾十個人一齊擁了上來，項羽和槐殤背對著背，手裡拿著各自的武器，很有默契的朝那些士兵身上砍去。

槐殤劍劍都刺中對方的要害，她的一對雙劍在夜晚中劃出如同流星一般的光芒，敵人的鮮血噴到她暗紅色的衣裳上，也突顯不出鮮紅，只見她的雙劍沾染了敵人的鮮血，耳邊傳來的是敵人死亡前的哀嚎聲。

一名士兵手裡拿著火把，迎面朝她打來，她則是巧妙的向旁邊閃過，一手按著那人的手腕，稍微在他的手腕上施壓，那人疼得鬆開了手，火把掉落在地，她則看準時機上前就往那人脖子上一砍，那人反應不及鮮血從脖子上的傷口噴湧而出，隨即倒落在地。她可沒空去為那人哀悼，馬上又迎戰另外一名士兵。

項羽則是揮舞著大刀，刀勢大開大闔，他一刀朝敵人的腰部砍去，那人立刻斷成兩截，在死之前還發出悽慘的號叫聲。幾名士兵見他勇猛難當，拿著大刀將他圍住，吆喝一聲之後，一齊朝項羽身上砍來，他則是一腳踢中一名士兵的下體，那個隨即痛得彎下腰來，項羽剛好拿著大刀筆直的從他背上插入，那人慘叫一聲之後倒地不起，他的屍體被後來湧上的同僚給踐踏在腳下。

幾名士兵一手拿著火把，一手拿著大刀，看到項羽就往他身上猛砍，項羽看準一個人的手腕，一刀揮落，那人的手腕立刻和他的手臂分家，那人痛得手裡的大刀也隨之掉落。項羽又朝其他幾人一陣猛踢，踢得他們毫無招架的餘地，再趁機打落他們手中的武器，幾名士兵立刻像待宰的綿羊那樣任他宰割。

雖然槐殤和項羽如猛虎入羊群一樣殺得敵人血流遍地，可是他們方才在地牢裡已經經過一番激戰，尤其是剛受嚴刑拷打過的項羽，此刻已經氣喘吁吁，傷口不斷的滲出鮮血，雖然他毫不在意自己的傷勢，依然勇猛的砍殺敵人，不過誰都能看得出來，他的體力正在不斷的流失，汗珠自他額上滑落，模糊了他的視線，喘息聲也越來越大。

「項大哥，還挺得住吧？」槐殤的情況比他好，畢竟她沒受過嚴刑拷打，她將一名士兵的頭砍下，趁機擠到他身旁，有點擔心的問。

「沒事，你大哥什麼陣仗沒見過，既然都有膽子敢刺殺秦始皇了，這幾個小嘍囉算什麼。」他豪氣的大笑數聲，又將幾個不怕死提著大刀朝他衝過來的士兵的手臂砍下，槐殤見狀也上去給他們補了幾劍，那幾名士兵頓時倒地不起。

他就是因為刺殺秦始皇出巡的車隊，不小心刺中了副車，這才被秦軍給關進牢裡的。

沒多久，地上就堆滿秦軍的屍體，雖然數量遠不及總數的一半，不過足以讓騎在馬上觀戰的蒙恬不悅。

「蔣暮桓，你還愣著幹嘛，還不將這兩個逆賊給本將軍拿下。」蒙恬挑起劍眉，朝一旁觀戰的他命令道。

「請恕屬下不能從命。」他知道遲早得與蒙恬大軍交鋒，他遲遲不出手只是在盤算要如何打才有勝算。他進宮之前早就打探清楚了，蒙恬奉命遠赴邊關平定匈奴人的侵犯，這支軍隊風塵僕僕，顯然是剛剛才返回宮中。

蒙恬聽了那名獄卒的報告，還來不及解散部隊就急急忙忙的趕來了，不過很顯然並沒有召集全部的部隊，看樣子大概只有一個小分隊而已，約兩三百人。

令他感到頭疼的是，步兵後頭那排弓箭手，萬箭齊發的威力可不是開玩笑的，就算槐殤和項羽在良好的狀態下，也沒把握能從這批訓練精良的弓箭手下，毫髮無傷的全身而退，更何況他們兩人都已經露出疲態，顯然硬碰硬不是好的作法。

「你說什麼？難道你想抗命？蔣暮桓你是離開軍隊太久，忘了自己的身分嗎？」蒙恬不悅的喝叱道：「軍法嚴謹，你若是抗命，那便是死罪，你可得想清楚了？」

月璃聽到這句話，她驚訝得屏住了呼吸，等心緒稍稍平復之後，呼吸才逐漸恢復平穩。方才她還在那裡責怪蔣暮桓欺騙她，沒有一早向她道破身分，沒想到違抗軍令竟是如此嚴重的後果，難怪他平日裡處事總是小心謹慎，原是軍人出身。

「將軍，請聽屬下一言，項羽雖然是朝廷要犯，可是既然有人冒險來劫獄，就代表他背後有更龐大的勢力，何不趁此機會放他離開，再派人偷偷跟蹤，最後將那些逆賊一網打盡，如此豈不更好。」他這麼說其實只是在拖延時間，他一邊說一邊以眼角的餘光注意槐殤和項羽的舉動，他們已經快要把前排的士兵都解決了，後排的弓箭手沒得到蒙恬的指示，是不會輕舉妄動的。

「將軍，千萬別聽這小子胡言，他分明就是和這兩個人一夥的，劫囚這件事他也有份，就算他保護月璃姑娘有功，可功過不能相抵，依末將之見，不如先由我將那兩人擒了，再將蔣暮桓依軍法處置。」身旁的秦虎對他的說法根本不相信，如果他不是存心包庇這兩個逆賊，為何遲遲不肯動手，這其中必定有詐。

「嗯，准了。」蒙恬朝他點點頭，秦虎隨即騎著馬衝入戰圈，手裡拿著大槍，往項羽身上就是一刺，項羽一手握住他的大槍，身子往後退了數步，接著聽他大喝一聲，猛地往地上一拽，硬生生的將秦虎給拽下馬來。

圍在他身旁的士兵，都被他蠻力給嚇得稍微後退數步，有些膽子小的還微微發抖。

秦虎原本騎的那匹白馬，失去駕馭牠的主人，在戰場中亂衝亂撞，許多秦兵不是被牠撞倒在地，就是紛紛後退不敢向前，這才給槐殤一個空檔。

她趁機殺到白馬跟前，一個翻身就躍上馬背，她拉起韁繩控制馬的方向，起初那匹馬還有點反抗，不停的在原地轉圈，仰頭鳴叫，槐殤不斷的抓緊韁繩，拍打馬背，片刻之後牠放棄掙扎，乖乖的給槐殤騎乘。

槐殤騎著馬，朝項羽的方向騎過去，這時項羽剛好將秦虎手中的長槍奪下，往他的胸口狠狠一插，只聽得秦虎護身鎧甲破裂的聲音，他口裡不斷的流出鮮血，雙眼瞪得圓圓的，彷彿不敢相信自己被敵人給制服了。

他後退數步，終於雙膝跪倒在地，變成一具屍體。

槐殤此時已經來到項羽面前，朝他伸出手，項羽立刻把手搭了上去，她一使勁就將項羽拉上馬背，頭也不回的朝城門的方向往前直奔而去。

蒙恬看到這裡再也忍不下去了，他舉起手朝身後的弓箭手一揮，本來他們已經將箭搭在弦上，此時看到蒙恬手勢，紛紛將箭頭瞄準槐殤和項羽兩人，一齊將箭射出。

霎時間，數百支箭宛如雨點般落下，此時蔣暮桓已經無法再按兵不動了。他早已暗中蓄勁，此時將劍氣灌注在漫天飛灑的箭雨上，這些本來應該朝槐殤和項羽方向射去的箭，在蔣暮桓心劍的操控之下，紛紛調轉方向，朝那些弓箭手射了回去，只聽得數聲慘叫，大部分弓箭手都閃避不及，而被箭射中，頓時一排弓箭手倒下了三分之二，還沒倒下的也被騎在馬上衝過去的槐殤和項羽給斬落在地。

「蔣暮桓你……真的造反了。」蒙恬十分氣惱，他騎著馬朝站在階梯旁的蔣暮桓衝了過去。

站在大殿門口的月璃看見了，也沒時間多想，就將注意力集中在蒙恬身上，她看見蒙恬的星魂在他頭上發亮，她集中注意力去看那星魂裡的未來，她看見蒙恬被一支箭射中右腿，她知道這是一個在未來有可能發身在他身上的事情，於是她全神貫注去想像這個未來已經成真。

只聽得蒙恬一聲慘叫，他的右腿突然血流不止，不知從哪飛來的箭射中他的右腿，他痛得墜落下馬，他身後僅存的幾名士兵，趕忙衝上去攙扶他。

這時蒙恬的軍隊已經澈底瓦解，陣形潰散，再也對他們構成不了威脅。

蔣暮桓見機不可失，他將手指放在嘴裡，朝蒙恬的馬吹了個口哨，那馬像似聽得懂似的，馬上跑到他跟前，他翻身上馬，騎到月璃跟前，朝她伸出手來：「把手給我，快。」這匹馬當初就是由他訓練的，所以十分聽他的話。

她雖然感到頭有些暈眩，也無暇細想，就將手伸了出去，他一使勁就將她拉上馬背。

「別撂下老夫。」白年洲這時也從大殿裡頭跑了出來，將雙手高舉在頭上，朝蔣暮桓大大的揮手。

蔣暮桓於是調轉馬頭，將白年洲也一併拉上了上來，三個人共乘一匹馬追隨槐殤騎的那匹馬，朝城門口奔而去，將後頭那些殘兵敗將統統拋在腦後。

第六章

蒙恬將軍

(一)

「暮桓，看到你沒事真的太好了，我還一度以為你真的會把我交給蒙恬呢！」月璃坐在他的身前，一手按著自己的心口，她說話時感到胸口悶得慌，想要笑卻也笑不出來，連她自己都沒注意到，身子正不由自主的顫抖著。

「那是說給蒙恬聽的，對不起，我之前應該向妳解釋清楚的，這件事說起來很複雜，等出去我再慢慢說給你聽。」他雖然很想將馬停下，慢慢解釋，可是後頭傳來噠噠的馬蹄聲，顯然後面的人也騎馬追了上來。

「傻小子，你的功夫還真不賴嘛，剛剛讓所有的箭都調轉方向那招，可真是不錯。」白年洲坐在他的身後，雙手緊緊的抱著他的腰，深怕從馬背上摔下來，不防的馬兒顛了一下，白年洲差點兒沒從馬背上摔了下來，他抱著蔣暮桓的手，不自覺的收緊，他天不怕天不怕，最怕騎馬了，他連忙閉起了眼，不敢望著前方。

「呃，白先生，您不要抱我抱得這麼緊，我都快不能呼吸了。」蔣暮桓不自在的動了動腰，別看他老，他的手勁還挺大的。

「老夫怕摔下去嘛，這馬跑得這麼快。」白年洲不太好意思的吐了吐舌頭，等馬兒跑平穩了，他才敢睜開眼睛。

「咦，這丫頭剛才還嘰哩咕嚕說個不停，怎麼這會兒這麼安靜？」白年洲有好一會兒沒聽到月璃的聲音，剛才他與蔣暮桓說話，沒有留心她的動靜，如今才覺得她似乎是有些不妥。

「師父，我沒事。」月璃以細如蚊鳴的聲音回答，她的臉色越來越蒼白，四周的景物彷彿如天旋地轉般轉個不停，她拼命的用手搓揉揉太陽穴，想要打起精神來，以前見母親頭疼發作的時候，總是用手揉著太陽穴，不一會兒就好了，她想頭暈跟頭疼應該差不多吧，用同一個法子也許也同樣有效。

揉了一會兒，暈得更厲害了，她只得把身子貼在馬背上，才能減緩頭暈的不適感，她閉上眼，四周一片黑暗，只有耳畔傳來馬蹄子不斷叩擊地面的聲響，連蔣暮桓和白年洲的聲音都聽不太清楚了，只是覺得隱約有人在她耳畔說些什麼。

蔣暮桓見月璃癱在馬背上，渾身軟垂垂的，趕忙將她身子扶正，急問：「妳怎麼了，身子不舒服麼？」

月璃她聚精匯神的聽了老半天，好不容易才聽清楚這句話，她得用兩手把眼皮子撐開，稍微側過頭，向他擠出一個疲倦的笑容，道：「我、我沒事，只是有點累而已。」她以細如蚊鳴的聲音回答，她不敢告訴蔣暮桓自己身體不適，怕他為了她而分心，身子又往下歪去。

他驚道：「妳是不是受傷了？」韁繩一拉，駿馬當即人立起來。

「不許停。」白年洲朝他大吼：「追兵還緊跟著。」

他回頭見到後方塵沙滾滾，喊聲震天，只得重新策馬前行，卻將月璃抱得更緊了。

「傻小子，她不是受傷了，而是使用星術之力耗費了不少力氣而已，我早就警告過她，叫她不要亂用，這傻徒兒就是不聽勸。」白年洲此時也顧不得害怕，他時不時的回過頭，去看後頭的人有沒有追上來，所幸蔣暮桓的騎術不錯，後頭的人始終都與他們保持一段距離，但只要他一停下來，後頭的追兵就會立刻一擁而上。

「星術之力？什麼意思？」蔣暮桓一邊照看身前的月璃，一邊疑惑的問。他有點丈二金剛摸不著頭腦，剛才一切都發生得太突然，現場也太混亂，他其實沒太注意月璃有施展白年洲口中所說的星術之力。

「你以為蒙恬是怎麼突然墜馬的？若不是我這傻徒兒看到蒙恬受傷的未來，使用星術之力讓它提前發生，我們幾個這會兒恐怕得統統蹲大牢去了。」白年洲道。

「啊！原來是她做的，她真的是星術師，我之前還以為她是胡亂瞎編的。」蔣暮桓這才恍然大悟，原來她真的是天賦異稟，他之前還總是不相信她。

「暮桓，我有點累，想睡一下。」月璃的聲音宛如蚊子叫，四周景物雖然停止旋轉了，濃濃的睡意卻襲了上來。她只聽得耳邊有人說話的聲音，卻聽不太清楚，她想要努力去聽，可是眼皮子實在太沉了，她根本無暇去想現在是否處在狂奔的馬背上，稍一不慎就會有墜馬的危險。她的頭不由自主的往前傾，腦子有一剎那的空白，原來是她已趁蔣暮桓不注意時睡著了，直到馬兒躍過前方的柵欄時，顛了一下，她才半夢半醒的睜開雙眼。

「璃兒，不要睡，妳這樣很危險的，妳再忍一忍，我們等下就可以出宮了。」蔣暮桓一手握著韁繩，一手輕搖她的肩膀，不讓她睡著，她若是睡著很容易就會墜馬的。

他用腳輕輕的夾了一下馬肚，馬突然飛馳起來，直追槐殤所駕馭的那匹白馬。

「哇！你這臭小子，突然策馬狂奔，你是想摔死老夫。」白年洲在他肩頭狠狠的打了一下，方才馬冷不防的往前狂奔，他一個不留神差點摔下馬背，幸好他抓住馬鞍，這才沒有摔下去，他繼續唸叨：「你明知老夫生平最怕騎馬，還故意騎這麼快。」

「抱歉，白先生在下並非是有意的，實在是憂心璃兒的狀況，她如果在馬背上睡著是非常危險的事情，白先生可有法子令她振奮精神？」蔣暮桓這才想起，以前剛認識白年洲時，他就非常害怕馬，踢說是他幼年的時候被馬摔過，自此之後就再也沒騎過馬，沒想到事隔多年，他這怕馬的性子絲毫未改。

「哪有什麼法子？你當老夫是大夫啊？她才剛掌握星術之力，就在一天之內使用了兩次來更改人的命運，這可比觀星那些更傷心神，她若想睡，你便讓她去睡就好了，只需照看她，不讓她跌下馬也就是了。」白年洲聳了聳肩，他也是束手無策，想當年他剛掌握星術之力的時候，也是如月璃一般的情況，那時他可整整昏睡了一天一夜，不過月璃就沒這麼幸運，如今能否順利逃離皇宮尚且不知，後面還有一大群追兵等著勤捉他們這夥人，只怕她就是想睡，也無法睡得安穩了。

策馬狂奔了一會兒，這才追上在前頭的槐殤和項羽，他們兩人共乘一騎，可說是合作無間，默契十足。槐殤在前面替他們開路，負責控制馬頭好調整方向，項羽則拿起手中的大刀，朝所遇到的皇宮守衛的脖子砍去，他的刀法神準，幾乎是一刀一個，鮮血濺了馬兒一身，白馬也變成了紅馬，哀嚎聲不絕於耳。不過這絲毫沒影響駕馭馬兒的槐殤，她手緊緊握著韁繩，專心的看著眼前的路，其他的她全然不放在心上。

蔣暮桓跟著槐殤的那匹染血的白馬前行，他拼命駕著馬向前狂奔，終於趕上他們了。他從來沒想過有一天會在皇宮裡見人就砍，由於項羽已經替他解決了兩旁擋路的侍衛，他的心劍沒有派上用場。

令他憂心的是坐在身前的月璃，她三不五時就會睡著，身子不由自主的往旁邊傾斜，他得一手握著韁繩，一手攬著她的腰，防止她不小心睡著而墜馬。令他萬萬想不到的是，施展星術之力竟會對她造成這種影響。

「現在要怎麼走？」當蔣暮桓的馬追上槐殤她們時，她轉頭問道，槐殤雖然事前有看過皇宮的地形圖，但論熟悉度是遠遠不及他的。

「跟緊我，我來帶路。」蔣暮桓又踢了一下馬肚子，馬兒受驚跑得更快了，他駕著馬走在前頭，以前曾跟著蒙恬在皇宮待過一段時日，所以對皇宮的道路還算熟悉，雖然彎彎曲曲的宮牆宛若迷魂陣般，但對他這識途老馬來說，絲毫不構成影響。

他很幸運，他騎著這匹馬，是罕見的汗血寶馬，日行千里而不疲倦，這可是匈奴人進貢來的，整個皇宮就是指蒙恬的軍中才有，想不到運氣這麼好，竟然搶到了這匹馬。

皇宮中很少有人騎著馬狂奔，那些負責維護宮中安全的侍衛們，雖然拿著武器在後頭追趕，他們的速度終究趕不上馬，加上槐殤和項羽拿著武器把所有敢上前攔阻的侍衛斬於馬下，漸漸的在他們後頭追趕的侍衛人數也減少了許多。

「怎麼樣，後頭的人還有追上來嗎？」蔣暮桓必須兼顧駕馭馬匹和注意月璃的身子有沒有往左右兩邊傾斜，無暇往後頭看，於是問坐在身後的白年洲。

「有是有，但人數好像沒方才那麼多了。」白年洲把手遮在眼睛上方，向後頭瞇著眼睛望去，隱隱的看到後方有些沙塵飛揚，但是馬蹄聲似乎沒有方才那麼大聲了。可能是有一些人回去搬救兵，也可能是眼見追不上，就放棄追趕。

「蔣兄弟，你只管在前頭帶路，後面的就交給我吧。」項羽說完，就拍拍槐殤的肩膀，道：「妹子，等會兒妳可要來接應我啊！」

「項大哥，你該不會是要……」槐殤雖然有想到，可是還沒等她反應過來，只見項羽逕自跳下了馬，他抽出繫在腰間，方才從敵人那邊奪來的大刀，吆喝一聲，向前狂奔。

後面的追兵見他跳下馬來，紛紛拉住韁繩，團團將他圍住。

只見項羽一聲輕笑，真不愧是縱橫沙場的人，絲毫無懼眼前十幾個訓練有素的士兵。他抓住其中一匹馬的馬頭，高舉大刀往馬頭上一砍，馬一陣哀鳴，鮮血噴了他一身，染紅了他所穿的囚服。馬瞬間身首異處，馬兒雙膝向前一跪，整匹馬就翻墜在地，連同騎在馬上的人，也墜落了下來。

項羽上前給那人就是一刀，那名士兵根本來不及躲，一刀就已貫穿心臟，他只能死不瞑目的瞪著項羽。

槐殤見狀，連忙調轉馬頭，回去接應他，當她接近項羽時，只見數十匹馬都已倒在血泊之中，騎在上面的士兵也紛紛倒地不起。

項羽一人站在屍體堆中，得意的朝槐殤揮舞著手中染滿敵人鮮血的大刀。槐殤無奈的搖了搖頭，苦笑了一下，騎到他身旁，一把將項羽給拉上了馬來，又掉頭跟在蔣暮桓的馬後頭。

「哇！項羽這小子是吃什麼長大的？簡直比熊還要凶猛，嘖嘖。」白年洲一直回頭去看方才那場精彩的好戲，他不停的咋舌，活了這麼一大把年紀，這麼勇猛的人還是第一次見。

「項大哥的實力本就不容小覷，要不是他身受重傷，方才蒙恬那夥人根本近不了他的身。」蔣暮桓輕笑道，這種小場面對項羽而言，只怕是小菜一碟。

（二）

就在蔣暮桓一行人，終於接近皇宮門口時，一座高聳的磚紅色的宮門就聳立在前方，當他們興奮得往前跑過去時，突然聽到守衛宮門的人喊道：「皇上回宮、左丞相回宮。」突然宮門大開，一大批車馬行駛進來，最前頭的是護駕的侍衛，他們全都是全副武裝的軍人，鎧甲武器一應俱全，看他們騎在馬上的樣子就知道必定訓練有素。

緊接著跟在後頭的是左丞相李斯的車輦，車子外頭是紅色的鑲著金邊，看起來十分貴氣。

李斯的車駕後面又跟著五輛氣派的馬車，車窗全都用黑色的紙糊起來，從外面是看不到裡面乘坐的是什麼人，想來這五輛車應該其中就有一輛是秦始皇的車輦，素聞秦始皇怕被人行刺，所以每次出巡一定會有很多副車，讓人搞不清楚真正的秦始皇究竟在哪輛車子裡。

蔣暮桓一行人騎著馬，在距離宮門口不遠處停下，雖然方才經過的項羽斷後之舉，解決了原本在後頭緊追不捨的士兵，可是不知打哪來，現在後頭又跟著一群追趕而來的皇宮侍衛。

蔣暮桓心想，大概是有些士兵追到半途，又折回去召集了更多的人馬前來追趕。

「現在怎麼辦？進也無路，退也無門，難道就眼睜睜的看著被秦軍押入地牢嗎？那鬼地方我可不想再回去了。」槐殤不悅的嘟起小嘴，她雖然很想硬闖出去，但誰都知道那無疑是飛蛾撲火，自尋死路。

「慘了，遇上李斯那傢伙，我們別想逃了。」白年洲嘆了口氣，他回頭看著一片揚起的沙塵，不用說那少說也有幾十個人，而且皇宮的守衛肯定不只那些人，要是驚動更多的侍衛，就算項羽能夠以一擋百，他們也一定插翅難飛。更何況現在還多了個剛回宮的李斯和秦始皇，看來這次他們是必死無疑。

「事到如今，也只有走一步算一步了。」蔣暮桓無奈的聳聳肩，他也不知該怎麼辦，如果只有他、槐殤和項羽三人，也許還用使用輕功飛上宮牆離開，可是現在還帶著不懂武功的月璃與年邁的白年洲，肯定是走不了了。

「李斯那傢伙可是個比魔鬼還可怕的人，你們千萬別被他的外表給騙了。」白年洲一提到李斯，連聲音都在顫抖著，他可是努力控制自己，身體才沒跟著顫抖。

「遇上他們倆豈不正好，老子一次就把皇帝和李斯給解決了，省得日後還要費事去行刺，哈哈。」項羽根本不將眼前這隊人馬放在眼裡，一看到秦始皇出巡的隊伍，他的眼裡閃爍著興奮的光芒，摩拳擦掌，全身上下又重新燃起了鬥志，完全忘了身上累累的傷痕，隨時準備再與敵人廝殺一番。

「解決李斯？不，或許秦始皇還比較容易些，但是李斯，他絕對不是你們所以為的那樣。」白年洲越說越咬牙切齒，兩個腮幫子脹得紅紅的，彷彿那李斯曾經殺了他全家，跟他有不共載天之仇似的。

「璃兒，妳睡著了嗎？快別睡了，醒醒。」蔣暮桓一路上都沒聽到她說話的聲音，只覺得她身子軟綿綿的靠在他胸前，他連忙輕搖她的肩膀把她叫醒。

「啊？我們到了嗎？」她睡眼惺忪的揉揉眼睛，雖然剛才蔣暮桓一直叫她不要睡，可是她的眼皮子實在是不聽使喚的閉了起來。

「我真是服了妳了，在這種情況下居然還能睡著，等下被捉進大牢，妳慢慢睡得了。」槐殤不高興的瞪了她一眼，像似在責怪她。

「槐殤，璃兒她身子不適，恐怕撐不了多久，此地不宜久留，事到如今也只有坦白招認，希望左丞相能看在月璃的份上，網開一面。」他說完，就要策馬朝左丞相的車輦騎去。

「不行。」槐殤拉住他馬頭的馬轡，不讓他的馬繼續往前走，「就算李斯不會為難她好了，那我們幾個可怎麼辦？難道等著被捉到地牢等死麼？項大哥是刺殺秦始皇才被抓起來的，他們之所以讓他活到現在，是為了從他嘴裡挖出同夥的消息，如果他又被抓住，你想他還有命嗎？再說，我才不要為了她一人去陪葬。」

同夥？月璃在心裡打上了一個問號，她這話是什麼意思？項大哥的同夥指的是槐殤她自己，還是說並不是只有她一個？月璃想起蔣暮桓之前提起的「影」，猜想他們兩人和「影」是不是有某種關聯？她並沒有再仔細往下推敲，眼皮子又不由自主的闔了起來，她趕忙用右手掐了左手虎口的地方，想要藉由疼痛讓自己保持一絲清醒，她提醒自己可不能再睡了，要設法幫大夥兒解圍才行。

「蔣兄弟勿要憂心，不如你先去引開李斯的注意力，我們再趁機殺出去。」項羽道。

「唉，他們人數這麼多，我們這才幾個人，怎麼殺啊？」白年洲搖搖頭，他回頭一看，塵沙飛揚，馬蹄聲伴隨著喊殺聲越來越大，眼看後頭那些侍衛馬上就要追上來了，他的白眉毛都快皺成一條直線了。

「白先生說的是，依我之見，只宜智取，不宜力敵。」蔣暮桓一直都不贊成使用硬碰硬的方式，他又瞄了身前的月璃一眼，確認她沒有睡著，才稍微安心些，比起眼前的千軍萬馬，他更擔心月璃的狀況，不知她還能撐多久。

「我曾經與李斯有過一面之緣，這樣吧，就煩請槐殤姊姊和項大哥，幫我照顧一下師父，暮桓帶著我先騎到前頭去，也許左丞相會記得我，雖然不至於輕易放過我們，但至少可以爭取一些時間，你們再趁亂離開。」月璃覺得事情演變到這個地步，她也有一些責任，如果不是她堅持要到地牢找白年洲，蔣暮桓也不會身陷危險。

在他們當中，李斯對她算是還頗有好感的，她想起多年前在雨夜見到他的那一晚，至少他對她的態度，比起母親對她的態度來得要好些。

「不行，丫頭，李斯那傢伙目標是妳，妳去不等於是送羊入虎口嗎？」白年洲搖搖手，神情變得非常嚴肅。

「白先生，你這話是什麼意思？」蔣暮桓有種不好的預感，難道李斯不只是要招攬她入宮，想要借重她的星術之力而已嗎？

「唉，沒時間跟你解釋了，總之丫頭，等下無論發生什麼事，妳都不可使用星術之力，尤其是在李斯面前。聽到沒有，否則為師我也救不了妳。」白年洲鄭重的警告她，白眉毛皺得更緊了。

就在這時，只聽得後面有人喊道：「不要跑……」蔣暮桓幾人紛紛回頭一望，只見幾十匹快馬已經迎頭趕上，騎在上頭的侍衛每個人腰間都佩著長劍，還沒等到追趕上來，他們已將長劍抽出，銀色的劍身在陽光的照耀下，顯得更加耀眼，來人一副氣勢洶洶的模樣。

沒什麼實戰經驗的月璃，緊咬著嘴唇，臉色如白紙那樣慘白，她實在不想連累大夥兒陪她葬送性命，汗水一直從她的額前滴落，背後的衣服都已經濕了一大片。

「慘了，這下咱們死定了，前有李斯後有追兵，完了、完了。」白年洲用手摀著雙眼，他都不敢想像接下來會發生什麼事，他雙手合十，嘴裡唸唸有詞，一直求神、拜菩薩的，希望可以順利度過這一劫。

「蔣兄弟，你保護好月璃小姑娘，這後頭的就交給我和槐殤妹子吧。」項羽說完，就朝槐殤使個眼色，眼看後頭的侍衛已經追趕上來，項羽和槐殤兩人雙雙跳下馬，拿起各自的武器，擺出戰鬥的姿勢。

「暮桓，我們還是依照計畫，先去找左丞相吧。」月璃心知情勢已經危急得不能再猶豫了，她無暇細想要是李斯知道他們跑到皇宮來劫囚會是什麼樣的後果，她一心只想替同伴尋得脫身的機會。雖然收到白年洲的警告，但是眼下除了這個方法再無其他更好的了。

「嗯，白先生就請您先下馬，槐殤和項大哥會照顧您的。」蔣暮桓說完就扶白年洲下馬，然後帶著月璃駕著馬，往前方浩浩蕩蕩的車隊騎了過去。

「站住，你們這些逃犯，還想逃。」後面追上來的侍衛大聲叫喊著。

「哼，來得正好，老子剛好手癢，就拿你們來練練手。」項羽拔出腰間大刀，雙手握著刀柄，半蹲馬步，看準衝上來的侍衛，一刀就是一個，被砍到的侍衛不是斷手斷腳，就是腦袋和身體分家。

侍衛臨死前的哀嚎聲中，還帶有一種韻律感。

「白老，您站在我身後，自己小心。」槐殤也揮舞著雙劍，站在項羽身後掩護他，白年洲則站在他們兩人後頭。

蔣暮桓與月璃兩人，此時已經騎到出巡迴宮隊伍的最前面，正當他還想要繼續前進時，被車隊最前方的侍衛攔下。

一名侍衛身穿鎧甲，腰間佩著長劍，騎在白馬上看起來非常神氣，他策馬上前擋住他們的去路，厲聲喝道：「你們兩個是什麼人？不知道這是皇上和左丞相的車輦嗎？膽敢冒犯。」

「末將蔣暮桓，乃是蒙恬將軍麾下，有要事欲求見左丞相，煩請通報一聲。」他拿出腰間的令牌，給那名侍衛看，他料想他叛變一事，應當還沒傳到左丞相耳中，他才剛剛回宮不可能知道前不久才發生的事，所以就用這個藉口，也許李斯會願意見他。

「這位又是什麼人？」那名衛士瞧了坐在蔣暮桓身前的月璃一眼，問道。

「我姓月單名一個璃字，小女子曾與左丞相大人有過一面之緣，你只要問他是否還記得三年焚書，四年坑儒的預言，想必左丞相應當會有印象。」月璃不等蔣暮桓回答，搶先說道。她說這話時雙眼眨了一下，深呼吸了一口氣，努力不讓對方看出來她在害怕，心臟噗通、噗通越跳越大聲，差點沒從喉嚨跳了出來。

「你們在此稍後。」那名侍衛說完，轉頭吩咐身旁同樣騎在馬上的另一名侍衛，那人隨即調轉馬頭，騎到李斯乘坐的車輦旁，把剛才蔣暮桓兩人說過的話，向裡頭的人說了一遍。

看到那人似乎相信他們的話，月璃這才重重的吐了一口氣，整個人有一種如釋重負的輕鬆感。

蔣暮桓坐在她身後，雖然沒法看到她臉上的表情，也察覺得出她很緊張，他輕輕握了她的手一下，想給予她一些鼓勵，卻感到掌心傳來冰涼的觸感，不禁微微的蹙了一下眉。真不知是她太緊張而導致手腳冰冷，還是因方才使用星術之力所致？令他不由得擔憂起她的身體狀況來。

所幸等待的時間並沒有太漫長，只見李斯掀起車窗的簾子，朝他們望了一眼，又朝那名侍衛吩咐了幾句，只見他聽完之後頻頻點頭，又騎到蔣暮桓二人面前，揮揮手說：「左丞相大人叫你們二位過去。」

蔣暮桓就騎著馬來到李斯的車輦旁，他先下馬然後再將月璃抱了下來，最後兩人屈膝在車輦前跪下。

「想不到竟然會在此處見到月璃姑娘，幾年不見，妳長得這麼大了。」李斯沒有下車，他只是掀起車窗的窗簾，微微探出頭，他臉上露出一個詭異的微笑，那笑容和他說的話絲毫對不起來，像是她的出現早在他的意料之中。

「左丞相大人，四年前末將奉蒙將軍之命，前往民間保護月璃姑娘安全，如今特將月璃姑娘帶進宮面見左丞相大人。」蔣暮桓刻意隱瞞了他們私闖皇宮劫獄一事，雖然劫獄並非是他的本意，不過既然做都做了，原本也不怕承認，只是在此時實在不宜說出此事，若是惹惱了李斯，丟了他這條小命不要緊，只怕會連累月璃、槐殤、項羽與白年洲幾個。

「原來當初蒙恬派了你去，嗯，你做得很好，我會稟明陛下，想必他會重重的賞賜你。」李斯又朝她招招手，「月璃，妳上車來，隨我一起入宮，我會將妳推薦給陛下，以妳的才華一定會受到重用，將來錦衣玉食，貴不可言，這是多少人夢寐以求的。」

「左丞相大人，小女子來此是有一事相求，實不相瞞，我有幾位朋友不小心被抓進皇宮的大牢裡了，我這次和暮桓入宮其實就是為了救他們，不過他們現在正和皇宮侍衛大打出手，希望左丞相大人能夠看在我的薄面上，讓我的朋友們離開。」月璃覺得這種時候還是坦承一切比較好。

「哦，有這種事，你們兩個膽子還挺大的啊！你，到前頭去瞧瞧。」李斯朝面前一名侍衛說道。

那名侍衛當及騎著馬到前方查看，不久又回來稟報：「啟稟左丞相，他們二人所言屬實，白年洲和項羽以及一名紅衣女子，此刻正與皇宮侍衛起衝突，此事需要稟明陛下嗎？」

「不用，此事本相來處理便可，你先讓前頭的車馬繼續前行，不要讓這等小事驚擾了陛下。」李斯朝那名侍衛揮揮手，吩咐道。

「是。」那名侍衛恭敬的點頭，然後又騎到最前頭去，指揮車隊繼續前行。

「雖然這和我所預想的情況有些不一樣，不過這些麻煩的事情一次解決了也好，你們兩個就跟我一起去前頭看看吧，本相也想見見妳口中的朋友。」李斯說這話的時候，臉上的表情很陰沉，好像在盤算著什麼似的。

月璃突然覺得有一股涼意，從腳心一直竄到心口，這是一種很不好的預感，再次見到李斯覺得他彷彿變了一個人似的，完全不像他之前所見到的那個溫文儒雅的李斯，給她一種陰險深沉的感覺。

然而她和蔣暮桓也別無選擇，只能照著李斯的話去做，他們再度騎上馬，和李斯一同穿過宮門，到前頭查看。

李斯一行人來到槐殤三人被皇宮守衛圍困的地方時，他們三人已經被侍衛重重包圍了，雖然地上躺了許多侍衛的屍體，可是他們所殺的人數遠不及包圍他們的人一半，而槐殤和項羽都已面露疲態，身上沾滿了敵人的鮮血，氣喘吁吁。

李斯在身旁侍衛的攙扶下，走下了車輦，他冰冷的目光迅速的掃視在場所有人一遍，那些原本拿著武器圍著槐殤三人的侍衛，一見到李斯紛紛恭敬的下跪，齊聲喊道：「參見左丞相。」所有的侍衛的動作整齊畫一，就像好像之前曾演練多時一般。

「這是怎麼一回事？」李斯問身旁一名領頭的侍衛。

「稟左丞相，這幾個人是從皇宮的地牢逃跑的囚犯，吾等奉命將之擒拿。」

「奉命，奉誰的命令？」李斯問道。

「是蒙恬將軍下的令，他說今夜有人劫獄，要屬下留意任何可疑的人士，方才我們見到這幾人在宮中策馬狂奔，才加以攔阻，誰知他們竟然反抗，殺了我們不少人。」領頭的侍衛答。

「原來是這樣，那怎麼不見蒙恬將軍？」李斯環顧四周，並沒有看到蒙恬，感到奇怪。

「這……屬下等奉命守住城門，其他的事情並不清楚。」

蔣暮桓聞言才鬆了一口氣，看來剛才發生的事情還沒有傳遍整個皇宮。

「左丞相大人，我雖然不知項羽大哥和白年洲老先生，為什麼會被關押在大牢，但我相信這些中必有冤情，我求求你放他們離開好嗎？」月璃也下了馬，她走到李斯身邊，低聲下氣的哀求道。

「哦，那方才本相的提議妳考慮得如何？是否願意和我一同面見陛下，相助我朝一統天下的大業？」李斯擺明用這件事情威脅她。

「這……」她並不想要留在宮裡，而且覺得今日的李斯看起來好像變了個人似的，若非要為項羽他們求情，她並不想跟他說話，只想躲得遠遠的。

「璃兒，不要相信他的鬼話，他是騙你的，什麼相助一統天下的大業，他根本是覬覦妳的力量，想要佔為己有。」白年洲大聲喊道，深怕他這位涉世未深的小徒弟，受到李斯甜言蜜語的蠱惑。他又指著李斯罵道：「李斯，你這奸賊，快放我們出去，否則老頭子今天就跟你拚了。」

「拚，你如今已經是油盡燈枯，憑什麼與我拚？當年誰叫你不知好歹得罪陛下，落得被貶入獄的下場，能怪得了誰？」李斯冷冷的笑了一聲，不把他的威脅放在眼裡。

「呸，你這傢伙趁我被貶入獄時奪取我的星術之力，這幾年每天都到地牢來吸取我的星魂，你現在連這個小姑娘都不肯放過，我告訴你我絕對不會讓璃兒步上我的後塵的。」白年洲說完朝月璃招招手，道：「璃兒快到我這裡來，離這奸賊越遠越好。」

月璃聞言便穿過包圍的侍衛，那些侍衛也沒多加阻攔，不一會兒便已走到白年洲身邊。

「師父，丞相大人沒有惡意，您又何必……」月璃覺得李斯應該沒有像他說得這麼壞才對，覺得只是他杞人憂天而已。

「呸，沒有惡意，妳不要被他斯文的外表給騙了，他專門吸取星術師的星魂，以補充自己的星術之力，由於每一名星術師的星術之力都是有限的，用完就沒了，所以他就從活人的身上吸取他們的星魂，以星術師的星魂最為強大，他就專挑星術師下手，有許多星術師就是遭到他的迫害，他想要妳入宮打的也是這個主意。」白年洲惡狠狠的瞪著李斯，好像與他有血海深仇一樣，又道：「若非我的力量幾乎被這奸賊吸取殆盡，早就用來對付這些人了。」

月璃這才恍然大悟，難怪先前在逃離地牢的時候，白年洲教她如何使用星術之力對付那名獄卒，而非是親自動手，就是因為這個緣故。

「難道這個李斯也是個星術師？」槐殤聞言吃驚得瞪大雙眼，不敢相信自己耳朵聽到的事實，她從不曾想過，秦朝堂堂的左丞相居然也是星術師，這就能解釋為何秦始皇能如此順利的滅六國統一天下，原來是得自於李斯的幫助。

「他不僅是星術師，還是最壞的那一種，專門吸取別人的星魂之力挪為己用，以補充施展星術之力所耗損的力量，這也就是為什麼他可以不斷的使用，也不會對身體造成任何負面影響的緣故，呸，這種人最卑鄙無恥。」白年洲又朝地上啐了一口，死命的瞪著他，恨不得把他大卸八塊。

月璃這才想到，她只使用了兩次星術之力，就覺得身體快要吃不消，原來想要能不斷的使用星術之力，而不會耗損自身生命力的方法，就是吸取他人的星魂來彌補自身所耗損的星術之力，這方法著實陰損。

「師父？哈哈，看來這小姑娘已非當日初見時懵懂無知，我夜晚觀星時，也早已料到妳會來咸陽城，只是沒想到會來得這般迅速，如此甚好，既然她不願為我朝所用，那麼就跟你一樣成為我力量的來源也不錯。」李斯不懷好意的打量著月璃，嘴角微微上揚，眼神陰森森的，眼神就像是貓盯著老鼠時那樣的貪婪。

李斯的神態一改平時溫文儒雅的氣質，反而露出邪魔似的狂態，他的笑聲讓人覺得毛骨悚然、不寒而慄。

月璃望著李斯，突然在他身上看到他的星魂，一個宛如星星一般的光點，比槐殤的星魂還要恐怖，是深沉的黑色，那種黑是一望無際的黑暗。

她無法再像之前那樣清晰的看到他的未來，他的未來變得很複雜，有許多可能性，她不知哪個未來才會成真，但是每一種可能的未來都充分透露出李斯的野心。有的未來顯示他殺了秦始皇，取而代之；有的未來則是顯示他殺了秦始皇，擁立他的小兒子胡亥的即位，然後控制他，讓他成為李斯的傀儡；也有一個未來顯示他在爭權奪利的過程中被趙高所殺，不過這個未來極為不穩定，月璃需要非常專注才能看清，這顯示這個未來成真的可能性非常低。

所有的人都被他斯文的外表，完美的偽裝給騙了。秦始皇以為他是個忠心的臣子，事事都仰賴他，聽從他的建言；蒙恬以為他只是個手無縛雞之力的文臣，掀不起什麼大風浪，其實他們都錯看他了。

或許秦始皇很殘暴，可是陰險的程度遠遠不及李斯，她甚至開始懷疑，坊間傳聞秦始皇所做的那些壞事，很有可能都是李斯建議的，只是帳都算在他的頭上而已。

她所看到李斯的每一個未來，都充滿了血腥、陰謀與算計，讓她不禁臉色發白，身子微微顫抖。

「璃兒，妳沒事吧？」蔣暮桓察覺到她的不對勁，趕忙走到她身邊，擔憂的問。

月璃沒有說什麼，她只是朝他搖了搖頭，又將注意力放在白年洲和李斯兩人的對話上。

「哈哈，白年洲，看來當年留你一命果然是多餘的，也罷，這些年你的星魂也被我吸得差不多了，現在既然已經得到了月璃，也是時候送你上路了。」李斯說完，他微微的張開雙手，將注意力放在白年洲身上，只聽到他發出一聲痛苦的哀嚎，他的身子微微浮起，好像全身力氣都要被抽乾了一樣。

「師父。」月璃焦急的大喊一聲，正當她想要集中精神使用星術之力救他時，卻被蔣暮桓握住了手腕，她回頭望了他一眼，只見他搖了搖頭，在她耳邊低聲說：「難道你忘了剛才白先生說過什麼了嗎？他要妳無論如何不可使用星術之力。」

「可是……」正當月璃猶豫之際，只見槐殤大吼一聲，殺出重圍，衝到李斯面前，揮舞雙劍朝他身上砍去。

李斯輕聲一笑，手微微揚起，遂將注意力轉移到槐殤身上，隨即槐殤發出一聲慘叫，她體內的生命之力就像被抽乾一樣，頓時宛如紙娃娃一般倒落在地，身上沒有流血，也沒有新的傷痕，就像死魚一樣，兩眼不肯瞑目的瞪著前方。

「槐殤姊姊。」月璃沒想到一個活生生的人，竟然就這樣死了，雖然槐殤曾經想要殺她，但這次劫獄也算同生共死過，想到此處不禁鼻頭一酸，眼角泛著淚光。

她曾經看到過槐殤的未來，也預言她只能再活一個月，真的在她眼前應驗時，還是讓她心酸得無法接受，無論槐殤是怎樣的一個人，好歹也是一條生命，前一刻還和他們一同劫獄，下一刻就慘死在宮門不遠處，這樣的結局實在讓她無法接受。那時她在槐殤的星魂上看到她身上沾滿鮮血，原以為她是被人所殺，沒想到竟然是被李斯吸取星魂而亡。

「哼，不自量力，一介凡人也敢與本相為敵。」李斯輕蔑的冷笑了一聲，彷彿殺死一個人就像踩死一隻螞蟻一般，沒有任何感覺，他又向月璃道：「本相再給妳一次選擇的機會，如果妳願意相助我朝，也許我可以考慮留你一命，如何？」他露出惡魔般猙獰的笑容，真是恐怖極了。

「我不要……我寧願死也不會幫助你的，殺人兇手、惡魔。」月璃朝他大聲喊道。她的身子微微發抖，不知是太過害怕，還是太過悲傷，她只覺得當初看錯了人，還把他當成好人，想不到真相竟是這樣的，她越來越後悔跑到宮裡來尋找有關星術師的一切，現在看來這一趟是來錯了。

「我不會讓你傷害她的。」蔣暮桓也衝出重圍，擋在月璃身前。

「哦，蒙恬的部下，你有什麼本事？」李斯輕蔑的笑了一聲，絲毫不把他放在眼裡。

「我本事可大著呢，不過有一點你說錯了，我不是蒙恬的部下，從來都不是。」蔣暮桓得意的說。

「哈哈，好樣的，蔣兄弟我就知道你不會背叛我們。」項羽此時也護著白年洲衝出重圍，走到他與月璃身旁，「讓大哥助你一臂之力，一起殺出去，就算死，也要死在一起。」

他看了槐殤的屍體一眼，面露哀戚的神色，怎麼說槐殤都是為了救他才闖皇宮地牢的，現在見她慘死，難免有些難過。但悲傷的情緒沒有持續太久，他又重新打起精神，將注意力放在李斯的身上。

「好，有項大哥這句話，小弟就捨命陪君子。」蔣暮桓說完，將體內劍氣逼至頂峰，劍指朝前一指，一道以劍氣凝聚而成的長劍，漂浮在他們眼前。

「你是心劍的傳人？」李斯這才覺得他有點來歷，立刻收斂起笑容。

「正是，既然你知道我是心劍的傳人，你就應該知道皇宮的千軍萬馬，也攔不住我蔣暮桓。」他說完，就將月璃抱到以劍氣凝聚而成的巨劍上，自己隨後跳了上去，項羽見狀也拉著白年洲的手一同站了上去。

「月璃，妳如果今日離開皇宮，我一定會讓妳嚐到親眼看著親人死去卻無能為力的滋味，妳當然可以離開，我也不會阻止妳，只是這後果妳可要想清楚了。」李斯對心劍的傳人頗為忌憚，吸取他人的星魂只對意志力薄弱的人才有效，施展心劍需要強大的心靈之力，他的星術之力對蔣暮桓不起作用，他知道他是無法阻止他們離開，所以出言威脅。

「丫頭，不要聽他的鬼話，妳如果不離開一定會被他給殺的。」白年洲在她身旁大喊。

「這鬼地方我再也不想多待了。」她望著槐殤的屍體，心裡有點悵惘，雖然她認識槐殤的時間不長，可是她感覺得出其實她是個好人。

蔣暮桓沒有再說什麼話，他運使劍氣，巨劍就騰空而起，底下的侍衛雖然衝了上來卻撲了個空，在沒有弓箭手支援的情況下，他們只能望著飛越宮牆的蔣暮桓一行人氣得跺腳。

只一眨眼的功夫，他們就已經飛離皇宮很遠了，由於蔣暮桓無法長時間駕馭心劍所化成的巨劍，因為這麼做是很耗損真氣的，若非逼不得以他是不會輕易御劍飛行。

他們在咸陽一處郊外停了下來，月璃剛落地，就感到頭一陣暈眩，蔣暮桓趕忙上前扶著她，關心的問：「妳還好吧？從方才到現在妳就一直臉色發白，幸好妳沒再使用星術之力。」

「我沒事，不用擔心我。」月璃將頭靠在他胸前，她勉強擠出一絲笑容，聲音卻比她所想得還要微弱，說出來的話簡直只有她自己才聽得見了，才從嘴裡吐出這幾個字，就微微的喘起氣來。

蔣暮桓看在眼裡，也不禁憂心的皺起了眉。

「以丫頭這狀況，要是敢再用只能提早去見閻王了。」白年洲也走上前去查看她的狀況。

蔣暮桓將她扶到身後一棵大樹下，坐下休息。

「追兵是暫時追不上來了，不過看來咱們很快的就成了榜上有名的人物，只是可憐槐殤妹子就這麼白白犧牲了。」項羽轉頭看看，確定沒有追兵這才放下心來，一想到慘死在皇宮裡的槐殤，即便是男兒有淚不輕彈的他，眼角也泛著淚光。他與槐殤認識了許多年，時常搭檔一起出任務，這次她也是為了救他才慘遭不測的，說什麼都感到過意不去。

「什麼榜上有名？咱們又沒參加科舉考試，哪來什麼榜上有名？」白年洲哼了一聲，轉過頭去，這項羽小子就開拿他來開玩笑。

「官府懸賞通緝要犯的榜單啊，哈哈。」項羽大笑，他就喜歡瞧白年洲生氣的模樣，活像個老頑童，明明一把年紀的人了，有時性子卻像個孩子似的，動不動就愛生氣。

白年洲哼了一聲，斜瞪了他一眼，才剛剛脫離險境，也多虧他現在還有心情說笑，沒有再搭理他，彎下腰來查看月璃的狀況。

「眼下我們去哪裡才好？璃兒的身子無法長途跋涉，況且李斯也一定會派人去她家追查，而咸陽城裡又不安全。」蔣暮桓搔搔腦袋，一時之間也沒個頭緒。

「那就先回『影』吧，也該將槐殤的死訊讓眾兄弟知曉，『影』的位置很隱密，朝廷的人是找不到那裡去的，況且內人虞姬也可幫忙照顧月璃姑娘。」項羽提議道。

「嗯，看來也只得如此了。」蔣暮桓臉上露出一絲猶豫，不過很快的便點頭贊同，眼下也沒其他的選擇了。

「你們去就好，老頭子可不想去。」白年洲摸摸下巴的白鬍子，蹲坐在路邊，像個小孩子似的，使勁的搖了搖頭。

「哈哈，白老，你不會還在惦記著從前的事吧？」項羽笑著走到他身旁，拍拍他的後背，瞧他這副彆扭的的樣子，還挺像個娘們的，不禁又大笑了起來，道：「放心，劉邦肯定不會這麼小氣，對你以前所做的事耿耿於懷的。」

「那張良小子呢，他鐵定會記恨的。」白年洲還是不放心的搖了搖頭，他寧可被秦軍捉回去，給那李斯害死，也不願意回『影』去。

「不會、不會，您就放一百個心，我拍胸脯跟你保證，他們不會跟你計較的。」項羽一邊說，一邊扶著他走向馬匹那裡，半哄半勸的好不容易，才讓他上了馬。

此時，蔣暮桓也將月璃抱上了馬，這次改由項羽在前頭帶路，一行人又踏上了旅途。

第七章

丞相李斯

（一）

蔣暮桓僱了幾匹快馬，他們來到咸陽郊區的一個小鎮，項羽口中的「影」竟然是一座位於這個小鎮上的一處農莊，一進入放眼望過去就是幾百畝的稻田，有幾位看起來像農夫的農民在田裡耕種。遠處還有幾間農舍，不時聽到雞犬的叫聲，在這兵荒馬亂的年代，看起來還真像一座世外桃源。

月璃因為實在太過疲憊，還沒到這裡她就已經在蔣暮桓的懷中睡著了，等他們一行人到了目的地，蔣暮桓也沒吵醒她，只是輕輕的將她抱下馬，打算找個地方讓她好好歇息。

一名農夫打扮的年輕男子，一瞧見是項羽，就連忙丟下手中的鋤頭，一把扯下披在肩上的汗巾，朝身後的幾名弟兄高聲喝道：「大夥兒快來瞧，這不是項羽大哥嗎？項大哥平安無事的回來了。」他臉上堆滿笑容，說完就朝項羽眾人迎了上去。

在他身後也是與他相同打扮的男人們聞言，也紛紛尾隨著他快步走向項羽。

不消片刻，項羽幾人就被這些農夫們給團團圍住。

「哈哈，項莊，你還是老樣子，一點都沒變。」項羽爽朗的笑著，朝領頭的那人肩頭上狠狠的捏了一把。

「哎喲！早知道項大哥您這麼有精神，咱們這些做弟兄的，就不必日夜擔心您的安危了。」項莊揉揉自個兒的肩膀，雖然他的個頭不比項羽小，看上去也比項羽年輕幾歲，項羽的手勁素來就大，經他這麼一捏，卻也是痛得很。

「小兔崽子，我瞧你過得挺好的嘛！」項羽又拍拍他的臉，這次下手可比方才那下輕得多了。

「大哥，您才離開幾天，我能變到哪裡去？咦，這不是蔣暮桓兄弟嗎？還有白年洲老前輩也一塊兒來啦，真是稀客。」項莊注意到他身後的幾人，由於都是些熟面孔，他的神情顯得輕鬆自在，若是換了陌生人，他可就不會站在這裡與他們閒話家常這麼久了。

「老什麼老，老夫只是頭髮鬍子白了幾撮，身子骨可比你們這些小兔崽子們都要來得精神呢！」白年洲拍了拍自己的肩膀，表示他的肌肉還很結實，他一向討厭別人說他老。

「是、是，是晚輩失言，白先生一點都不老。」項莊咧嘴笑著朝他賠禮。

「這還差不多。」白年洲不太高興的哼了一聲，就轉過頭去，其他幾人跟他說什麼，他也是愛理不理的。

這幾人雖然都是農人打扮，這時間正下田幹活，但若是仔細的瞧，他們個個都是肌肉結實，訓練有素的殺手，就如同槐殤一般。

「是啊，這次多虧了蔣兄弟和槐殤他們冒死闖皇宮，從地牢中把我給救出來，我這次才得以脫險。」項羽拍拍身後的蔣暮桓的肩膀，得意的笑了一下。

「自從您去刺殺秦始皇被抓了了以後，眾兄弟都自告奮勇的說要去救你，是槐殤大姊說我們人多反而會誤事，就沒讓我們跟隨。不過韓信有和她一塊去，說要在宮外接應她順便打探點消息，韓信等了幾天還沒等到她出來，就先回來了。原本眾兄弟都還在擔心呢，每天都有派人去咸陽城打探。」項莊說完，朝他們身後望了望，卻沒見到他期盼的那個人，便伸長脖子問道：「對了，怎麼不見槐殤大姊和你們一塊兒回來？」

「槐殤她……」項羽一聽到槐殤二字，臉色「唰」的一下慘白，他也不知該如何啟齒。

「她死了，死於李斯那奸賊之手，當時情況緊急，就沒把她屍體帶回來。唉，可憐啊！以前老夫還在『影』的時候，雖然她老愛和老夫頂嘴，不過那丫頭說到底為人挺善良的。」白年洲替項羽接下去說，說完之後惋惜的嘆了口氣，搖了搖頭。

他雖然已經有許多年沒見到她，但他還清楚的記得，在她剛加入「影」的時候，還是個半點功夫都不會的黃毛丫頭，後來張良找了個師父傳授她武藝，劉邦才開始派她出去執行任務。那個時候，她老愛和他頂嘴，私底下總愛作弄他。

只可惜槐殤加入「影」之後，白年洲沒多久就離開了組織，沒想到再次重逢沒多久，就天人永隔了，想到這裡，白年洲感到眼眶濕濕的，他趁項莊那夥兄弟跟項羽敘舊的時候，偷偷用袖子擦了擦眼角。

除了蔣暮桓用餘光瞥見之外，其他人都沒見到，他知道白年洲一向愛面子，也就裝作沒看見。

「啊！死了？怎麼可能？槐殤大姊她武功這麼高強。」項莊身旁一位兄弟聽聞她的死訊，手中的鋤頭「哐噹」一聲掉到地上，差點兒沒砸到自個兒的腳，他瞪大了雙眼，難以置信的問。

「正常人當然不是她的對手，可是李斯那傢伙可是邪派星術師，她武功再高也只是個普通人，就這樣遭了那奸賊的毒手。」白年洲邊說邊搖頭，一說到李斯他就氣得咬牙切齒，這些年可沒少受他迫害。

「星術師還有分正邪的嗎？」另一名兄弟好奇的問。

「當然有囉，人都有好人壞人，星術師當然也有正邪之分，像老夫這種正派的星術師已經快要絕跡了。」白年洲攤攤手，嘆了一口氣道，他又望了一眼蔣暮桓懷中的月璃，暗暗祈禱他的徒弟，日後可千萬不要成為像李斯那樣的壞蛋才好。

「咦，暮桓兄弟，你懷裡抱著的小姑娘是誰？怎麼以前從沒見過？」項莊方才只顧著與項羽敘舊，他和那夥農人打扮的兄弟，只顧著和項羽問東問西，完全沒留意到蔣暮桓懷中抱著一名小姑娘，他這會子才留意到躺在蔣暮桓懷裡熟睡的月璃。

「我知道，一定是蔣大哥離開這段日子娶的小媳婦，你說是吧，蔣大哥？」項莊身旁其中一個人朝蔣暮桓眨眨眼，笑道。

蔣暮桓只是低頭不語，起先他望了躺在他懷中的月璃一眼，雙頰一陣熱熱的，又不太好意思的將眼光從她身上挪開，盯著地上猛瞧。

「哈哈哈，別瞎猜，蔣老弟的臉可要比猴子屁股還紅。」項羽轉頭望了身後的蔣暮桓一眼，朗聲笑道：「這姑娘可是白老新收的徒弟，也是一位星術師。」他見蔣暮桓臉紅不好意思回答，就幫他代答了。

「原來是這樣。」後面那幾個人露出失望的表情，看起來他們都非常期待蔣暮桓趕緊娶妻。

「哈哈，項大哥剛娶嫂子那會兒也是這副德行，我看哪，咱們很快就有喜酒喝了。」項莊的看法卻跟那幾位兄弟不大相同。

「你奶奶的，居然敢開你大哥我的玩笑，真是太久沒被揍了，討打。」項羽往項莊耳朵上捏了一把，隨即又裝模作樣的在他身上搥打幾下，不過都是做作樣子，其餘幾人在旁邊有的吹口哨，有的幫項羽加油，一時之間，一大夥人你一言我一語的鬧騰了起來。

就在這時蔣暮桓注意到懷中的月璃，情況好像越來越糟，心裡也不禁焦急了起來，便轉頭望向白年洲，小聲道：「白先生，月璃她的呼吸好像越來越急促，臉色也越來越蒼白，要不要找個大夫來瞧瞧？」

「我看看。」白年洲聞言湊了上去，用手翻翻她的眼皮，又在她額頭上摸了一下，手掌感到一陣冰涼，他皺起了眉頭，說道：「瞧她這樣子大概是連用兩次星術之力，耗損了太多體力的緣故，要先找個地方讓她休息才好。」

「那我們還是快進屋子裡去吧，項大哥。」蔣暮桓喚了項羽一聲，將月璃的情況告訴他。

項羽聽完也收斂起笑容，臉色一沉，朝前方一間農舍指了指，道：「這裡還有幾間空的房間，我先帶你們去那裡休息。」說完他又轉頭對項莊吩咐：「項莊老弟，你先去通報劉邦，就說我和暮桓兄弟回來了，還有讓你嫂子過來一趟，我們這裡有個小姑娘需要女人來照顧，咱們幾個都是爺們，不太方便。」

「好，大哥你儘管去吧，先安置小姑娘要緊。」項莊點點頭，隨即叫上身後的弟兄，就往其中一間最大的房舍走去。

（二）

月璃醒來之後，她發現自己置身在一間農舍裡，她坐起身，從窗子望出去，映入眼簾的是一片綠油油的稻田，有幾頭牛正在低頭吃草，她甚至還能聞到牧草在和煦的陽光曬過之後所發出的香味。

「妳醒啦？」一名身穿布衣農婦打扮的女人，走到床邊，拿了碗水遞給她，又朝她笑笑：「先喝點水，有沒有覺得好一點？」

這個女人看上去有種高貴的氣質，她長得並不高，身材很窈窕，臉蛋也很漂亮，不過不是那種柔媚的美，而是一種端莊素雅，從內在散發出來的氣質美，她雖然是普通農村婦女的打扮，頭上包著布巾，身上穿的布衣，連腳上穿的都是布鞋，可是就是有一種說不出的美。

「嗯，請問……我這是在哪？或許我這麼問很冒昧，不知夫人如何稱呼？」月璃記得她睡著前，是和蔣暮桓在前往「影」的路上，等她醒來之後卻是置身在一處農莊，她環顧四周，這個房間只有她和眼前的這名女子，其餘的人都不知上哪去了？儘管眼前的這名農婦裝扮的女子，臉上帶著和善的笑容，還是讓月璃緊張的握緊被褥，自從她從皇宮逃出來以後，她還沒完全從恐懼中脫離出來，任何一個陌生的人，都足以讓她警戒。

「如妳所見，這裡是一處農莊，其餘的事情我也不便多說，我叫做虞姬，我的夫君是項羽。」虞姬見她有些害怕自己，就給她點時間讓她適應一下。

「喔，原來是項大哥的夫人，暮桓他到哪裡去了？」月璃接過虞姬遞過來的水碗，又不時向四周張望，除了眼前的女子之外，也沒見到有其他的人在屋裡。於是便向她打聽蔣暮桓的下落。

「呵呵，項郎說得沒錯，你和暮桓的感情果然不錯呢，醒來地頭一件事就是問他的下落。」虞姬掩嘴輕笑了一下，笑容中沒有嘲諷的意思，她笑起來顯得格外的迷人，雖然布衣素服，未施脂粉，舉手投足之間，隱然有種「清水出芙蓉，天然去雕飾」之態。

「呃，我和他……並不是妳所想得那樣。」月璃低下頭去，小聲的說，發覺臉頰熱騰騰的。

「呵呵，我知道，妳只是一直把他當兄長一樣看待，暮桓也是這樣跟我說的，他說妳就像是妹妹一樣，在妳昏睡的這段時間，他一直在床邊守著妳，一直到劉大哥叫他去議事，他才離開的，臨走前又一直吩咐我要好好的照顧妳。」虞姬從她手中取走空的水碗，說完之後，又朝她眨眨眼笑了一下。

「是麼，暮桓真的是這樣說的？」聽到這話，月璃就更不好意思的把頭低了下去，她的心跳得好快，明明已經脫險了，可是為什麼聽到虞姬這番話，讓她不由自主的緊張了起來。

「是啊，他還跟我說了很多妳的事，有關妳未卜先知的能力，還有李斯想要抓妳的經過，想不到妳年齡尚幼，就經歷了這麼多風波，真可憐。」虞姬將水碗放在面前的一張木几上，坐在床邊，將月璃的手放在她的手裡，輕輕的拍著，彷彿也為她的不幸遭遇感到同情。

月璃不知要如何接下去，她到現在都還有點搞不太清楚處境，一個月前她還興奮的要到咸陽找李斯舉薦她入宮打探白年洲的消息，一個月後就突然變成朝廷的通緝要犯，這樣的轉變讓她有點措手不及，她趕忙轉變話題：「你可以帶我去找暮桓嗎？」

「現在嗎？那也好，既然妳是星術師，也該是時候讓妳見見其他人了，我想劉大哥對妳會很感興趣。」虞姬攙扶著她下床，朝她眨眨眼道。

「連我是星術師這件事妳都知道，看來項大哥和暮桓他們，一定把我的事情全都告訴妳了。」月璃其實不太喜歡星術師這個頭銜，當初槐殤就是因為這三個字才跑去殺她；李斯也是因為這三個字才想要得到她的力量，如果她只是普通的一名女子，想必任何人也都不會對她感興趣，她不喜歡這種備受關注的感覺，她還是喜歡做原來的自己。

「呵呵，項郎是我的夫君，自然什麼事都會跟我說，至於暮桓嘛！我認識他也有一段時間了，自然是有些交情在的。」虞姬不以為意的掩嘴輕笑。

「對了，劉大哥是誰？」月璃剛才聽虞姬說起，好奇的問道。

「待會兒妳就知道了。」虞姬故做神祕的笑了一下。

（三）

在虞姬的協助之下，月璃稍事梳洗，更換了一件乾淨的衣裳，雖然穿起來像農村的鄉下姑娘，不過總比原先那件沾了血漬與灰塵的髒衣服來得體面。

虞姬領著她來到了農莊的大廳，外觀看起來就和一般農村的屋舍沒兩樣，以磚瓦和稻草搭成的屋子。一走進去卻讓人眼睛一亮，裡面的家具擺設都是以上好的紅木製成的，牆上掛著書畫，書法字帖保留著六國的文字，其中以楚國的文字最多。

月璃因為從小就遍覽群書，她父親的藏書有許多都是用六國的文字書寫成的，所以她也識得一些。

走進大廳，原本大家正在交談，一看見月璃來了，所有人都停止談話。

「暮桓，這就是你提到過的月璃姑娘嗎？」坐在中間主位的劉邦率先開口，他雖然穿著儉樸，可是眉宇之間散發出一股不凡的氣質，讓人見了很自然就會敬畏他，可是他又沒有傲氣，並不會讓人覺得不易親近。

坐在他身旁的是項羽，他朝領著月璃進來的虞姬笑笑，她隨即走了過去在他身旁坐下。項羽一手摟著她的肩，一邊親暱的在她耳畔說了幾句話，虞姬微笑的點著頭，含情脈脈的望著自己的丈夫，即便是像月璃這樣的外人，也能察覺到他們彼此之間有一股默契與情意。

劉邦的左手邊坐著是張良，他看起來有股書生文雅的氣質，他身上並沒有武夫的殺氣；而與她曾有一面之緣的韓信則是坐在項羽夫婦身旁，他禮貌的朝月璃笑笑，她也點頭微笑回敬。起初見到韓信時，她還有些驚訝，沒想到他竟然也是「影」的成員。

最末坐的是白年洲，蔣暮桓則坐在張良的旁邊。

「是啊，劉大哥，讓我為您介紹，這位是月璃姑娘，是白先生剛剛收的徒弟，她自小就能透過觀星看出一個人的未來，她曾替李斯和槐殤預言，都非常準確。」蔣暮桓上前去，拉著月璃的手，將她推到劉邦的身前。

「聽起來是一名星術師，那有機會可得請月璃姑娘幫咱們算算命了。」他笑了一下，笑容有點僵硬，看起來他並不完全相信蔣暮桓所說的話。

「哼，姓劉的小子，你不要以為老夫不知你在打什麼主意，我警告你，你們這群人要反秦，儘管反去，可別拖我徒弟下水。」白年洲不悅的哼了一聲。

「白老，您別緊張，我可什麼都還沒說呢！」劉邦困窘的笑笑，有的時候白年洲話說得太直接，倒讓他不知該說些什麼了。

「月璃姑娘，我給妳介紹，這位是劉邦劉大哥，是『影』的龍頭老大。」蔣暮桓趁著兩人還沒吵起來的時候，趕緊把劉邦介紹給她認識。

「劉大哥，我也可以這麼叫你嗎？」她有點羞怯的問，劉邦的神情有些嚴肅，讓她有些生畏，尤其是一直盯著她瞧，讓她渾身不自在。

「當然，弟兄們都這麼叫我，小姑娘妳也不用拘謹，就跟大夥兒一樣這麼叫吧。」劉邦朝她和善的笑了一下，示意她在蔣暮桓身旁的空位上坐下，而蔣暮桓的座位剛好在張良隔壁，最重要的是這個位子鄰近劉邦。

「且慢，璃兒坐在老夫這兒來，妳要是跟那個姓張還有姓劉的坐在一塊兒，小心被他們兩個吞下腹吃掉了。」白年洲硬是把坐在身旁的韓信給推到旁邊，害他差點一頭撞在虞姬的懷裡，當他抬起頭尷尬的朝虞姬笑著拱手賠禮時，瞥見坐在虞姬身旁的項羽正用兇狠的眼神瞪視著他。

韓信只好一臉委屈的站了起來，蔣暮桓見他無處可坐，就朝自己身旁原本要給月璃的座位指了指，示意他坐在自己身畔。

韓信宛如見到救兵似的，馬上走到蔣暮桓身旁坐下，還不忘朝白年洲噘了噘嘴，埋怨道：「白老，您要護著徒弟也不是這麼個護法吧？軍師和劉大哥對您和月璃姑娘都是以禮相待，您老實在是想太多了。」

「呸，你們這幫人心裡打些什麼鬼主意，老夫豈會不知？我可有言在先，我是不會讓我的寶貝徒弟步上老夫的後塵的。」白年洲沒好氣的訓了韓信一頓，又朝站在一旁的月璃喊道：「傻徒弟，妳在那兒發什麼呆呢！還不快坐到老夫身邊來。」

月璃望了蔣暮桓一眼，只見他溫和的對她笑了笑，輕輕的點了點頭，她才不情不願的在白年洲身旁坐下，她醒來之後就一直想見蔣暮桓，好不容易能有機會見著他，卻又被白年洲硬拉去做在她師父的身旁，害她想跟蔣暮桓說句話都沒辦法。

「呵呵，白老您對『影』難道還心存疑慮嗎？雖然咱們志在反秦，但只要是月璃姑娘不想做的事，邦是絕對不會勉強。」劉邦見白年洲對他頗有戒心，趕緊向他說明立場。

「哼！鬼才信你。」白年洲指指蔣暮桓、月璃、自己和項羽幾人，向劉邦道：「咱們幾個人可是朝廷頭號的通緝要犯，尤其是月璃，李斯對她可是虎視眈眈，若是朝廷的官兵發現咱們幾個窩藏在這裡，你們這些人可就要暴露身分了，你這小子會這麼好心，冒著被朝廷通緝的危險收留我們，而什麼目的都沒有，哼！騙鬼，老夫才不相信。」他說完雙手抱胸，瞪視著劉邦，好似他不是一個人，而是一頭猛虎。

「看起來白老對邦似乎有點誤會。」劉邦也不知該如何應答，困窘的笑了笑，又轉頭向張良使了個眼色，要他幫忙打圓場。

「白老，月璃姑娘也不小了，您這麼保護她，她會很難成長的。您老可不能事事都替她作主，她經歷了這麼多事，難道她心中半點疑問都沒有嗎？」張良說完，又望向月璃，微微笑道：「月璃姑娘，妳說是嗎？」

「對啊，沒錯、沒錯，我心裡頭可有好多問題想要問呢！」月璃可不管白年洲正瞪視著她，連忙開口問：「『影』究竟是一個什麼樣的組織？這裡看起來就跟一般的農莊沒什麼分別。」她畢竟只是個年紀輕輕的小姑娘，對許多事情都心存好奇，特別是這些人口中的組織「影」，更讓她倍感好奇，既然有幸來此，不弄清楚的話她是不會罷休的。

月璃見到「影」的聚會場所有點被搞糊塗了，她以為像槐殤那種絕頂高手，所效忠的組織的聚會地點，應該是很氣派輝煌才是，可是這裡的人穿著都和鄉野村夫沒兩樣，只有劉邦穿著稍微體面一點而已。

坐在劉邦身旁的張良，朝蔣暮桓眨眨眼，輕搖手中折扇，笑道：「看來蔣兄弟什麼都沒向月璃姑娘解釋，難怪方才白老提到，她在秦宮的時候差點誤會你要將她出賣給蒙恬。這可就是你的不是了，等下可該自罰三大杯，給月姑娘賠罪才是。」

「子房先生教訓的是，只不過在下當初是奉了劉大哥的命，潛伏在蒙恬身邊，好打聽秦軍的動向，自然不能輕易向人吐露。後來李斯向蒙恬借調一個人，說要去民間保護一個小姑娘，蒙恬就把這個工作指派給了我，所以在下才有機會結識璃兒，事情經過便是如此。」蔣暮桓解釋道，他並非是有意隱瞞，只因他身分特殊，實在不是可以隨便向人吐露的，他望向月璃繼續說：「實在是因為我的身分特殊，無法輕易向人吐露，讓姑娘誤會了，真是抱歉。」他起身向月璃深深一拜，表示歉意。

「你這是做什麼？暮桓，其實我早就原諒你了，我早該想到你是有苦衷的。」月璃也站起身，將他扶起，瞧他這麼正經八百的向自己道歉，弄得她有些不好意思了。

「是啊，就是因為蔣兄弟守口如瓶，害得眾兄弟都以為，他當初離開組織是為了投效秦軍，我在地牢的時候看見蔣兄弟還有些驚訝，不過當時我就知道他並沒有背叛我們，否則何必犯險去地牢救我出來。」項羽也笑著說，他現在穿著整齊，傷口也包紮過，眉宇之間散發著英氣，看起來不比劉邦遜色，比起之前那個頭髮散亂，渾身是傷的模樣看起來好太多了。

月璃這才恍然大悟，難怪槐殤第一眼看見蔣暮桓時，要叫他叛徒了。

「好了，誤會說清楚就行了，子房先生你這話也說得太嚴重了，搞得蔣兄弟和月璃姑娘倆人多尷尬。」劉邦爽朗的笑了一聲，他向張良眨眨眼，又向他們倆人道：「你們快坐下吧！子房是與蔣兄弟開玩笑的，我們早知道月璃姑娘胸襟開闊，斷然不會計較這種小事。」

蔣暮桓和月璃倆人有點不好意思的相視而笑，他們自經歷了皇宮裡的出生入死之後，彼此之間自有一種默契，他們又各自坐回了原位。

「月璃姑娘應該對『影』還不太熟悉吧，就讓在下來為姑娘介紹一下，主上應當沒有意見吧？」張良轉頭看向劉邦，徵詢他的意見，畢竟『影』的存在是一項機密，不能隨便告訴他人，他認為月璃並不算是外人，而且也是時候該向她坦承一切了。

「也該是時候讓月璃姑娘了解一下，那就有勞子房了。」劉邦朝他點點頭。張良才繼續說道：「我們這些人之所以聚集在此，乃是因為秦始皇暴虐無道，只曉得用高壓統治欺壓百姓，對待六國遺民更是殘暴，近幾年來搞得民不聊生，所以我們才決定要揭竿起義，反抗暴秦。」

項羽接著解釋：「其實我們這些人原本都是在鄉下種田的，因為看不過眼秦始皇暴虐無道的作為，便決心要為老百姓討個公道，才離鄉背井拿起武器反抗朝廷。方才月璃姑娘說這裡像農莊，其實也沒說錯，我們原本就是農夫。」

「農人的裝扮只是偽裝罷了，我們總不能讓別人看出端倪，知道這裡是反秦組織的聚會場所，倉庫裡堆放的不是米糧而是武器。」蔣暮桓道。

「正是如此，現在月璃姑娘應當不會再責怪蔣兄弟，什麼都沒跟妳說清楚了吧？其實他也是有苦衷的。」張良說完又朝蔣暮桓眨眨眼，似乎是在向他說，自己幫了他一個大忙。

「嗯，當時師父也跟我說過了，雖然我和師父都不知道暮桓原來是『影』派去秦軍的臥底，不過師父說得對，不論他的身分是什麼，至少從來沒傷害過我，衝著這點我都應該相信他才是。」月璃點頭笑道，說完又看了蔣暮桓一眼。

「月璃姑娘對『影』還有什麼疑問，都可以一併提出。」劉邦看她似乎還有話想說的樣子。

「我一直都有個疑問，既然『影』是反秦組織，那應該是要保護老百姓才對吧，可是為什麼你們要派槐殤姊姊來殺我？」這個問題其實存在她心裡面很久了，現在正好遇見「影」的龍頭老大，就一併問了。

「是啊，這個我也可以作證，那時我還和槐殤大打出手呢。」蔣暮桓也回一起當時的情景，不管從哪個角度看，槐殤看就是要殺她的樣子，若不是他湊巧在場，恐怕月璃早已身體和腦袋搬家了。

「有這等事，我怎麼不記得曾指派槐殤去執行這項任務？」劉邦舉起茶杯，正待要喝，聽到這話，手懸在空中遲疑了一會兒，才將杯子送到嘴邊，啜了一口茶，轉頭望向張良，眼神顯得有些困惑。

「主上，我想事情可能是這樣的，韓信一直密切在注意李斯的動靜，他曾跟我提過他查探到李斯有一次微服出巡，並找到下一任星術師，這話大概被槐殤聽到了，加上之前白老離開組織投奔秦始皇，槐殤一直對此事耿耿於懷，她一向對星術師沒有好感，所以才起了要殺月璃姑娘的念頭，只可惜據蔣兄弟方才所言，槐殤已被李斯所殺，現在也無從查證起了。」張良分析道。

「是啊，當初我在酒館，聽到月璃姑娘說，槐殤跑去刺殺她時，也嚇了一大跳呢。」韓信拍了一下大腿附和道，他對這件事可是完全被蒙在鼓裡，毫不知情。

「月璃姑娘，妳不要責怪槐殤，她一向對星術師沒有好感，因為白年洲曾經是我們之中的一員，只不過後來他被秦始皇招攬進了秦宮，才與我們斷了聯繫。後來秦始皇又施行了許多暴政，而我們多次想要刺殺秦始皇卻都失敗，因而她就把責任都推到白年洲的身上，所以當她聽到李斯又尋覓到了一名星術師的時候，才會起了斬除的念頭。」張良不疾不徐的解釋道。

「原來師父也曾是『影』的一員啊？那為什麼要進宮幫助秦始皇呢？那李斯不是想要吸取師父的星魂，好增強自己的星術之力嗎？」月璃望向坐在對面的白年洲，好奇的問。

「哼，還不是被李斯那傢伙給騙進宮的。老夫年輕的時候也和這群年輕人一樣，有理想、有抱負，想要去改變世界，解救百姓於水深火熱之中，所以才加入『影』，後來因為某種理由和『影』理念不合，就在這個時候遇到了李斯，他對我說只有掌握權力才能改變世界。你不得不承認，聽起來的確頗有道理的，所以我就進宮去了，誰知到李斯那傢伙不安好心，我的命差點葬送在他手上，不過也因此收了一名乖徒弟，哈哈。」白年洲說完，望了月璃一眼，大笑了起來，自從他收了月璃為徒之後，一直為此感到自豪。

「原來是這樣啊，我當初還以為是白老背棄兄弟們呢！」項羽哈哈大笑，他頓了頓又道：「不過我倒是很驚訝，槐殤曾經想殺月璃姑娘，那時在地牢我看你們相處得挺不錯的嘛。」

「是啊，也許後來槐殤姊姊大概發現，我並不是她所想的那種人吧。唉，可惜她死了，本來有機會能做好朋友的。」一想到槐殤，月璃的眼睛垂了下來，忍不住為她哀悼。

坐在她身旁的蔣暮桓，伸手在她的手臂上輕輕的拍了一下，又朝她露出了一個微笑，他總是能在她心情不佳時，適當的給予她安慰。

這一個小動作，張良可是盡收眼底，他若有所思的搖了一下手中的折扇，之後又把注意力放在正在說話的項羽身上。

「這個仇，『影』是一定要討回來的，可不能讓槐殤妹子白死。」項羽一手握拳，重重的打在另一隻手的掌心上，他還在為她的死忿忿不平。

「這件事方才我們也聽暮桓說起，想不到李斯居然是星術師，的確是出乎我們的意料之外。」一提到槐殤，劉邦臉上也流露出哀戚之情，不過很快就平復了，他是要做大事的人，可不能為一個人傷心太久。

說起李斯，月璃就回想起在皇宮裡面遇見他的情景，許多年以前她曾經見過他一面，那時候雖然她還年幼，不過他給她的印象不錯，像是一名溫文儒雅的文士，說話也總是很有禮貌，感覺不像是那種陰險深沉的人。

可是自從與他在皇宮再次相見之後，他彷彿變了一個人似的，感覺心機深沉，任何人只要看他一眼就會覺得毛骨悚然，彷彿看到有毒蜘蛛那樣，讓人避之唯恐不及。

從皇宮回來之後，李斯的形影一直在她腦海裡揮之不去，就像恐怖的夢魘那樣，你越是想要甩掉就越是甩不掉。

她總覺得李斯隱瞞了許多事，如果真像白年洲所說的，他想要得到她的星術之力的話，那麼或許一開始他出現在她的家門口，並不是一項湊巧，那天其實他根本不是來躲雨的，而是專程為她而來。

可是為什麼在找到她之後，沒有馬上將她帶回宮，這是讓她最百思不得其解之處，他絕對有能力這麼做，可是他並沒有。

而過了許多年，他也沒有主動的接她入宮，雖然他透過蒙恬派了蔣暮桓來接近她，不過卻從未下過召她入宮的指令，這又是為什麼？

最讓她感到在意的是，逃離皇宮之前，李斯說的那句話：「我一定會讓妳嚐到親眼看著親人死去卻無能為力的滋味……」，這究竟是什麼意思，難道他會對她的親人不利，越想她就越感到害怕。

劉邦看向一臉疲倦的白年洲，道：「白老，你應該對李斯頗為了解的吧，不如你跟我們說說，要怎麼對付他？」

「不要看老夫，我很久以前老夫就決定不插手這些麻煩事了，總之一句話，單憑你們的力量，想要對付李斯是不可能的，就像螳臂擋車那樣，不自量力。如果不幸跟他對上，四個字，溜之大吉，就準沒錯了。」白年洲說完，就站起身慵懶的伸了個懶腰，道：「好了，你們要談事情就快談吧，老夫有點累了，在皇宮裡折騰了數十年，好不容易終於逃了出來，我得要去睡一個好覺，養養神，劉邦小子，借一張床給老頭子睡，這個要求不過份吧？」他感覺上就是經歷過一場大災難，從頭到尾看起來都很糟，皮膚都皺在一起，人也顯得很憔悴。

「當然可以，我們這裡有的是房間，就隨您老挑。」劉邦大方的說道。

「劉邦小子就是這點好，夠大器。」白年洲說著又打了個哈欠，然後轉身步出大廳。

「月璃姑娘，在下有一個不情之請，不知姑娘能否答應？」等白年洲走出大廳之後，劉邦才問，似乎是不想讓白年洲聽見，他接下來要說的這番話。

「劉大哥請講。」

「既然白老不願意插手，而姑娘又是他的徒弟，我想邀請姑娘加入『影』，和我們一起對抗暴秦，不知姑娘意下如何？」劉邦的態度看起來很誠懇。

「啊……要我加入？這……」月璃沒想到他會做出這樣的請求，她從來也沒想過要加入什麼反秦組織，真是一點心裡準備也沒有，一時之間不知該如何回答。

「劉大哥，月璃姑娘不過一介弱質女流，恐怕不適合參與組織的行動。」蔣暮桓一心想要保護她，並不希望她捲入這場戰爭之中。

「暮桓，這話你可就說錯了。」張良放下手中的折扇，道：「她能觀看一個人的未來，就代表她有扭轉整個局勢的力量，又豈能與一般女子相提並論，況且，現在既然她是李斯想要追捕的對象，那就代表她的處境非常危險，現在也只有『影』的龐大武力才能保護她，難道你以為憑你的一己之力，就能護她一生周全？」

「子房先生雖然言之有理，不過這還得看月璃她自己的意思。」蔣暮桓看向身旁的月璃，想讓她自己決定。

「那是自然。」張良點點頭。

「我不知道，一下子發生太多事情，我還沒有心理準備，可否給我一點時間考慮？」月璃有點擔心家裡的情況，她很想先回家一趟看看再說。

「那就請姑娘在這裡住幾天吧，等過幾天官府追緝的風聲沒這麼緊了，我再讓韓信親自護送妳離開，如何？」劉邦也不想強人所難。

「多謝劉大哥。」月璃笑著點點頭，想到不久之後就能離開這裡，回到她自己的家，就覺得開心不已。

（四）

翌日清晨，月璃尚在睡夢之中，隱約感到有人輕搖她的肩膀，並且呼喚著她的名字，她揉了揉眼，從夢中甦醒過來，打了個大哈欠後，才看清這個人原來是蔣暮桓。

「是你呀！暮桓，怎麼這麼早，我還想再睡一會兒呢！」她想不出今天有什麼需要早起的理由，伸了個懶腰，拉起了被子，正準備躺下時，卻被蔣暮桓一把搶走被子。

「別睡了，等下有重要的事情，所有『影』的成員都要出席，雖然妳是客人，但這件事也算是與妳有關，劉大哥希望妳也能與我們一起。」

「什麼事啊！」被搶走被子的月璃，只好坐起身來，她這才發現，他與往日不同，穿了件白色的長衫，他手上也拿了件白色的衣裳，他把衣裳遞給她，道：「快點換上吧！等下我們要祭拜槐殤。」

「祭拜槐殤姊姊？可是我們連她的屍骨都沒來得及帶回啊？」月璃拿起衣裳，走到屏風後面，一邊換衣裳一邊問。

這方屏風是用檀木做成的，很簡陋粗糙，上面也沒有什麼雕花紋飾，雖然隔著屏風，蔣暮桓瞧不見她的身子，不過他還是很守禮的轉了過身，背對著她。

「這是項大哥提議的，要劉大哥給她立個衣冠塚，等以後外面風聲比較沒那麼緊了，咱們再想辦法把她的屍骨尋回，槐殤畢竟是『影』的一份子，咱們總不能讓她連個牌位都沒有，遊蕩在外做個孤魂野鬼。」蔣暮桓答。

月璃本來想說，到那時恐怕她的屍骨早就被野狗刁去吃了，不過方才觀看蔣暮桓一臉沉重的樣子，她把這話給嚥下肚子，沒有說出來，只道：「師父也會去嗎？」

「當然，我在外頭等妳，妳換好了衣裳就出來。」說完，月璃就聽見他的腳步聲，想必他已走出屋外了。

月璃匆匆換好了衣裳，走出屋外和蔣暮桓會合，在他的帶領之下，走到農莊後山一處荒涼之地，眼前所見皆是一塊一塊的木牌，上面刻著是一個個的人名，她不禁打了個寒顫，有些毛骨悚然。

「這裡該不會是墳場吧？」她有些不安的，扯了扯走在前頭蔣暮桓的衣袖，悄聲的問。

「這裡所葬的都是為了推翻暴秦而犧牲的兄弟們，劉大哥素來重視兄弟之間的情義，『影』的成員當初可都是歃血為盟的，他們雖然身死，也得給他們立一個牌位。」蔣暮桓掃視了經過的木牌，眼裡流露出不捨，月璃很少見他這麼嚴肅。

走了沒多遠，就看到劉邦、張良、項羽、韓信等人，還有許多她不認識的面孔，當然也少不了她的師父白年洲。

一群人全都聚在一塊木頭牌子前，上面刻著槐殤的名字，女人死後其實是不許寫上名字的，只能刻下姓氏，但槐殤是個孤兒，也為『影』出生入死多年，所以劉邦才破例將她的名字刻在墓碑上。

「月璃姑娘來了，人也差不多到齊，那就請子房先生開始吧。」劉邦朝身旁的張良點了點頭，韓信手裡拿著一束點燃的香，依序走到眾人面前，一人發了一支，韓信也遞給了月璃一支香。

張良在一旁主持著儀式，劉邦帶頭給槐殤上香，張良說了些槐殤曾為「影」立下的功績，也說了些緬懷的話，月璃見到身旁的蔣暮桓眼眶竟然有些濕濕的，當初見到他與槐殤在屋頂上大打出手時，還以為他們感情並不怎麼好，如今看來，倒是她想錯了。

她用手肘碰了碰蔣暮桓的手臂，要他不要太難過，而他也向她點點頭回敬。

就在這時，月璃想起了她第一次見到槐殤時，看到她的命星的情景，眼前突然飄過許多枉死的冤魂，這些都是她曾經在星空中所觀看到那些如槐殤一般，死於非命的靈魂。

一張張扭曲的面孔，像似訴說著怨恨與不甘，他們在人世上有許多未竟的事業，許多牽掛的人，一朝突然失去了生命，紅塵的一切再與他們無關。

月璃突然覺得渾身發冷，她用雙手圈住自己，她閉上眼，想要把這些影像給驅離，但一閉上眼，那些她曾在星空所見過的，素未謀面之人的未來，全都浮上腦海，霎時間，人世間的悲歡離合在她的眼前不斷上演著。

這一幕幕的生與死，根本不是她這個年紀的小姑娘能承受的，況且她曾親眼目睹了槐殤死在她面前，姑且不論她與槐殤的交情是否夠深，光是那種生命逝去的震撼，是她一輩子都無法忘記的。

最後，她受不了使勁全身的力氣叫喊了起來，想把那些恐怖的景象從心中給驅離。

當她再度睜開眼時，眼中泛著淚光，她這才發覺所有人都盯著她瞧，她有些不知所措的愣在原地。

蔣暮桓是第一個走上前，張開雙臂將她擁入懷中，輕輕拍著她的背，他雖然不知月璃方才腦海中閃過什麼樣的念頭，不過他也可以明白，槐殤的死對她這般年紀的小姑娘來說，確實是太沉重了些。

「月璃姑娘沒事吧？」劉邦也走到她身旁，關切的問。

「對不起，我不知為何我會那樣，我不是故意的。」她向劉邦鞠躬致歉。

「無妨，如果妳覺得累，可以先回屋去歇息。」劉邦溫和的朝她點點頭，絲毫沒有責怪她的意思。

白年洲也湊了上來，拉著她的手，低聲說：「丫頭，妳是不是看見什麼了？」

「師父，當我第一次見到槐殤時，我就從她的命星中見到，她會死於非命，我又想到我曾在觀星的時候，見過無數人會死亡的未來，有些是病死的，有些是溺水死的，但我最近越來越多的是看見那些死於戰爭的人，師父，是不是快要打仗了？」月璃眼裡含著淚，這些對於旁人聽起來荒誕的話，她也只能對白年洲說，因為只有同樣身為星術師的他，才能夠感同身受。

「丫頭，妳不能一直陷在妳所見到的那些影像裡，妳必需要懂得忘記。那些影相片段只不過是可能發生的未來，但不一定會發生，人的命運始終是掌握在他們自己手中，就像槐殤的死，也是她自己選擇的一樣。她是一個殺手，她的宿命就是要死在另一個殺手裡，如果她選擇回到自己的家鄉，那麼這一切都不會發生，丫頭，妳懂嗎？」白年洲說這話時，他的眼神看起來很慈祥。

「我不太懂，不過我會記住師父您今天所說過的話，人的命運始終是掌握在自己手中的。」月璃點點頭，所謂觀星之術，也只不過是看到人眾多未來的其中一個可能性而已，她無法去幫那些人做抉擇，雖然她有時可以逆天，讓某個人可能發生的未來立刻或提前發生，就向她在地牢裡殺了一個獄卒那樣，不過那是她為了保護自己，以及她所想保護的人。況且這麼做，對她身體的傷害是極大的，當時白年洲就告誡過她了。

「生死之事，對妳這般年紀的小姑娘來說，是太沉重了點，我們都忽略了這點，也許不應該叫妳一起來的。」劉邦走上前，他的語調很溫和。

「槐殤是『影』的一份子，主上對每一個兄弟都非常重視，每逢有弟兄們罹難，我們總會一起祭拜他們，主上認為妳和槐殤也見過幾次面，所以才讓蔣兄弟把妳也叫上。」張良走到劉邦身旁，幫腔解釋。

「我只不過是想起第一次見到槐殤姊姊的時候，我看到她的命星時，就知道她會死於非命，也曾警告過她，可她就是不信。」月璃咬了咬下唇，她也十分懊惱，大家總把當她小孩子看，她爹是這樣，槐殤也是，就連蔣暮桓對她說的話有時也半信半疑，如果他們肯把她的話給聽進去的話，或許這場不幸就可以避免了。

「大多數的人都不知道這世上有星術師的存在，妳也實在不能去怪罪他們，若非我們認識白老，大概也很難相信妳所說的一切。」劉邦說道。

「好了，你們別圍著我徒弟了，槐殤丫頭也祭拜完了，眾兄弟的心意也盡到了，至於商量報仇的事，就交給你們這些胸懷大志的人好了，別纏著我徒弟了。」白年洲蹙了蹙眉，他牽起月璃的手，就往屋舍的方向走去，完全不管劉邦等人心裡怎麼想。

「璃兒。」蔣暮桓正想快步追上前去，他心中也實在擔心月璃的身心狀況，自從逃離皇宮之後，她的精神狀態一直都不太好，方才又有些崩潰，他本想上前去關心她的情況，卻被身後的張良給叫喚住。

「蔣兄弟，月璃姑娘有白老照料，你無須擔心，我們還是商量今後的行動，你們這幾人都是朝廷的欽犯，這陣子就委屈你們留在這裡，至於槐殤之仇，我想也不急於一時。」張良說道。

「子房先生所言極是，今天召集大夥兒，除了祭拜槐殤之外，也是為了商討滅秦大計，請諸位移駕大廳，咱們再詳談。」劉邦朝大廳方向走去，眾人尾隨在他身後。

被白年洲拖走的月璃，走回了屋舍，心裡一直覺得奇怪，每逢有劉邦、張良在場的時候，他總是對她格外的呵護，彷彿那些人會把她生吞活剝了似的，她終於忍不住開口問：「師父，您似乎不太喜歡我和劉大哥、子房先生說話的樣子，這到底是為什麼呀？」

「笨丫頭。」白年洲彎起手指往她的額頭上敲了一記，道：「妳以為劉邦小子和張良收留妳，是沒有目的的嗎？」

「目的？」月璃仰起頭，想了半晌，才恍然大悟的說：「對啊，上次劉大哥邀請我加入『影』，這大概就是他們的目的吧？」

「叫妳加入，是想要利用妳與生俱來的星術之力，好幫助他們推翻秦朝暴政，可是他們並不知，妳使用星術之力的次數越多，身體也會越虛弱，這也是為師再三叮囑妳，非到緊要關頭不可輕用的緣故。」白年洲雙手抱胸，沒好氣的說，一提到劉邦和張良，他就格外的不安。

「我知道啊？所以這些天我沒在用了，連觀星都很少。」月璃聳聳肩又道：「既然師父不喜歡我加入『影』，那我不加入就是了，您別老是擔心我，我也不是小孩子了。」

「妳這丫頭涉世未深，根本不曉得這其中牽連有多大，為師是保護你，才讓妳置身事外，否則哪天妳連怎麼死的都不知道。」白年洲搖了搖頭，月璃並不是他見過唯一的星術師，但向她這樣胸無城府的星術師，卻還是頭一次見。

「是，師父，璃兒聽話就是了。」月璃說完，雙手搭在白年洲的肩膀上，推著他往屋裡走，否則他還不知要嘮叨多久。

（五）

月璃本來以為很快就可以回家了，沒想到在組織一住就是半年，這是因為外頭的風聲一直都很緊，皇宮裡丟失了幾個通緝要犯，前幾個月李斯下令封鎖咸陽城，不要說人了，連一隻鳥都飛不出去。

「影」的人也十分低調，這些日子也沒敢出來活動，大家都待在這座農莊裡種田，閒暇的時候劉邦、項羽、張良、韓信幾人，就在大廳裡商談準備起事的事情，而蔣暮桓有的時候會出去打探情報，更多的時候就待在農莊裡幫忙種田或練劍。

這天傍晚，月璃用完晚膳後，就像平常一樣，到白年洲的房裡向他學習天文星象的知識。她輕叩門三聲之後，沒聽到有人回應，便推門進屋，發現房裡除了一堆散落在地上的書卷之外，沒有半個人影，她便猜想白年洲一定是跑去觀星去了，便到農莊裡的一處高塔去找他。

這座高塔是用來偵察遠方敵人動靜用的，鄉下地方賊寇甚多，民間常常有這些高塔類的建築，劉邦等人進駐這裡之後，這座高塔就變成用來偵察秦軍動靜的用途，因為這種建築在民間也算常見，也就沒引起旁人的懷疑。

月璃走到高塔的底層入口處，向在此輪守的兩位弟兄點頭打聲招呼，就爬上高塔去尋白年洲去了。劉邦知道月璃善於觀星，特許他們師徒倆可以隨意上這高塔來觀看星象，所以守塔的弟兄也沒對她多加刁難，平時大夥兒是不能隨意來此的，就算是蔣暮桓也只有輪到他守夜時才能上來。

「師父，原來您在這裡呢。」月璃氣喘吁吁的爬到最高層，看到白年洲站在高塔的頂端，於是興沖沖的跑過去，拍了他的肩膀一下，大聲在他耳畔喊道。

白年洲原本在專心的看著天上的星星，被她這麼一喊，差點兒心臟沒給她嚇得從口裡跳出來，他轉頭瞪了她一眼，又拍拍心口，給自己壓驚，轉身朝她責備道：「幹什麼？妳這丫頭，好的不學，沒事就淨學那些嚇人的伎倆，為師的耳朵還沒聾，妳別喊得這麼大聲。」他一邊說，一邊掏掏自己的耳朵。

「師父，別生氣嘛！璃兒給您搥搥背，賠個不是總可以了吧？」她像做錯事的孩子一樣，走到他身邊，在他的肩膀和背部亂搥亂捏幾下，弄得白年洲到處癢滋滋的，身子不自在的亂扭一通，最後他才喊道：「好了、好了，別撒嬌了，為師正在觀星呢，別吵。」他伸手輕打她的手背一下，神情嚴肅的望著天際的星空。從這裡抬頭往天上望去，覺得星星比平時在地面上看到的還要明亮、耀眼許多。

「師父，您這幾天老在觀星，可看出什麼來了麼？」月璃也抬頭望向天際，她雖然可以透過星星看出每個人的命運，卻不是想看就能看得見的，她的天賦有時候靈光，有的時候又不靈光。

「丫頭，妳看那邊那顆星星，可看出什麼端倪來？」白年洲指著東方天際的一顆血紅色的星星問道。

「這個不就是秦始皇的命星嘛！」月璃順著他手指的方向望過去，這顆星星的顏色明顯和其他星子不同，它發出宛如紅色火焰般的光芒，在漆黑的天際添上一抹妖異的色彩，又道：「師父您告訴過我的，這顆星是東方青龍二十八星宿的心宿，一共有三顆，您手指的這顆剛好是中央最大的一顆，代表的是帝王的命星，我曾在這顆星星上看見過秦始皇的未來，想來也是這個緣故。」

雖然她與白年洲天賦異稟，可以不用像一般的占星術士，必須通過觀測和推算才能得知人的命數，不過自從白年洲被李斯吸走大部分的星魂之後，他的星術之力不如以往，就連觀星的時候也很難看出那個人的未來。

他打算趁這自己還有一口氣在的時候，把自身所學的星象知識全都傳授給月璃，這也不枉她老是師父前、師父後的喊他。

而且他覺得月璃這孩子頗有慧根，什麼東西一學就會，前些日子跟她講的東西，她一下子就記住了，這點倒讓他頗為欣慰。

「丫頭，妳現在試試，能不能看出秦始皇的未來？」

「好。」月璃點點頭，隨即閉上眼睛，集中精神，可是什麼也看不見，又睜開眼睛朝他搖了搖頭，道：「師父，我還是沒法子將星術之力運用自如，一會兒靈會兒不靈的。」

「妳到底有沒有認真在練習啊？整天和虞姬學些亂七八糟的東西，彈琴有什麼好學的，難不成妳要到街頭賣藝去？」白年洲不高興的瞄了她一眼，又抬頭望著那顆火紅色的星星。

「學彈琴有什麼不好，可以怡情養性。」月璃不服氣的手插著腰，向白年洲抗議道。這幾個月來與虞姬相處，才知道她原是舞姬出身，不知怎麼被項羽看上，就一直跟隨他東征西討。

「隨便妳啦，妳愛學就學，為師也管不了這麼多了。」白年洲搖了搖手，懶得去管她這些瑣事，他的目光始終停留在那顆星星上。

「師父，這顆星星有什麼不對勁嗎？我看您一直盯著它瞧？是不是有什麼大事要發生？」月璃也抬頭望著那顆星，可是今天的她卻什麼也看不出來。

那時她去皇宮劫囚的時候，可以順利看到獄卒、蒙恬等人的星魂，想來也只是湊巧，大概是情急之下把潛力激發出來了吧。

「呶，丫頭，為師告訴你，這顆星星叫做熒惑，它並不是一直在那個位置的，當它由西向東轉變為由東向西，或是由東向西轉變為由西向東的時候，就是熒惑守心的天象，當這天象出現的時候，就表示有大事要發生。」白年洲神情嚴肅的說。

「啊？這麼複雜，簡言之，就是這顆星星會改變方向就對了，那對天下大勢有什麼影響嗎？」什麼東西南北的，聽得月璃頭都暈了，她只想趕快知道重點。

「笨，為師都說得這麼明白了，妳還不懂。」白年洲用手打了她的頭一下，又道：「所謂大事就是天下將要易主，不然就是危及宰相或者有天災發生。」

「哎喲！師父您不要老是打人家頭嘛，都快被您打笨了。」她摸摸頭頂，雖然他的手勁很輕，可是她還是不喜歡被打頭。

「我說了這麼多，妳到底聽明白了沒有？」白年洲有點不耐煩。

「聽、明、白了。」她故意把前三個字的尾音拉得老長，表示她被打頭的不滿，又接著說：

「我每天都有在注意星象，根本就沒發生師父您說的熒惑守心的星象，與其在這裡等待秦始皇和李斯那兩人何時遭受到報應，不如我直接使用星術之力，讓他們最終的結局提早發生不就得了，哪需要這麼麻煩。」

「千萬不可，妳難道忘了為師曾經告誡過妳的嗎？使用星術之力會縮減妳的壽命，而且一再干擾自然的運行法則，是會遭受嚴重的後果的，而且在施展的時候星魂會綻放出耀眼的光芒，妳如果想要告訴李斯那奸賊妳在哪裡，妳就儘管用好了。」

「師父，您老是說將星術之力用在違背生死的自然法則上，會遭受到嚴重的後果，這個後果到底是什麼？違背生死的法則指的又是什麼？」她還記得在皇宮地牢和他第一次見面時，白年洲就這麼告誡過她，可是到現在卻一直都沒有向她解釋，讓她越來越好奇。

「丫頭，妳為什麼老愛問東問西？」

「人家就是不明白才問嘛！」

「唉！」白年洲語重心長的嘆了口氣，他找了個地方坐下，沉默了許久才道：「你知不知道為什麼現今的星術師只剩下你我二人？」

「師父，您少算了李斯。」月璃走到他身旁坐下，好心的提醒他。

「哼，那傢伙也配當星術師，他不算，我說的是正派的星術師。」白年洲不太高興的將雙手交插在胸前，月璃發現他只要一不高興，就會做這個動作。

「那這是為什麼呀？」月璃眨了眨眼，一雙水靈的眼睛直盯著他瞧，她好奇想知道答案。

「因為這些擁有能掌控星術之力的人，都以為可以掌控自己以及他人的命運，不是利用己身的超能力，想要去改變雙眼所看到的未來，就是想用這能力，贏得國君的信賴，在這世上有一番作為。下場當然是……可想而知。」白年洲搖了搖頭，臉上的表情有些哀戚，彷彿是在為這些死去的靈魂嘆息。

「他們都死了？」月璃問道。

「對，我的父母也是星術師，他們那個年代，秦國只是強盛，卻還沒統一六國，但是他們看到了贏政一統中原的未來，我爹就企圖想要去刺殺贏政，結果當然是失敗了。而我娘在我爹死後沒多久就自殺了。」白年洲在說這段故事的時候，臉上沒有什麼表情，看不出他是高興還是哀傷，只覺得他像是在訴說一個和自己沒有切身關聯的故事，對他而言，或許那真的就只是故事而已。

「這就是您這麼痛恨秦始皇的原因？」月璃現在總算有點明白。

「沒錯，使用星術之力企圖改變未來，就是逆天，下場都不會是好的。」白年洲說完，站了起身，拍掉屁股上的灰塵，說道：「時候不早了，為師要回房歇息了。」

「可是這跟違背生死的法則有什麼關聯啊？」月璃朝他後大喊，白年洲只是越走越遠，沒有停下來回答。

月璃總覺得白年洲有什麼事情瞞著她，她決定找個時間，一定要把這個疑問給弄清楚。

（六）

這天中午，月璃剛沖了杯茶，正要端到白年洲房裡，孝敬他老人家。她手裡捧著茶碗，看到房門半掩，從窗戶看進去，裡面只見一堆散落在書案與地上的竹簡，不見半個人影。

她心想這正是她弄清楚真相的大好時機，每回問白年洲亂用星術之力的後果是什麼他都不肯說，於是她就決定趁此機會自己來尋找答案。

她曾經聽白年洲說起，他在離開「影」之前，曾經藏了許多記載星象占卜一類的書在這裡，他離開之後，劉邦仍將這間屋子保持原狀，除了定時派人來打掃之外，其餘東西都保留原狀。

所以當白年洲回來時，仍然可以繼續閱讀這些書籍。

這些書籍有許多是他年輕時周遊列國，到各地蒐羅來的，裡面都是記錄一些有關星象占卜的珍貴資料。雖然秦始皇頒下焚書令，禁止民間私藏書籍，只有兩種書例外，那就是種樹和卜筮之書，剛好白年洲所藏的是卜筮一類的書，所以才免去被焚燬的命運。

「師父。」月璃捧著茶碗，推開門走了進去，雖然明知屋內沒人，仍然想要確定是否真的沒有人在，於是就叫喚了一聲，屋子裡空蕩蕩的，的確無人應答，她這才放下心來。

她將茶碗隨手放在桌案上，上面散亂著堆置著一大落的竹簡，她跪坐在桌案前，開始逐卷、逐卷的翻閱，由於書卷都是以棉線將竹簡串連而成，有些竹簡非常厚，足足有她兩個手臂這麼粗，翻閱起來十分費力。

看來看去，都只是一些前人的觀星占卜記錄，並沒有什麼特別的。她有點灰心的放下手中的竹簡，目光逐一掃過屋裡的擺設。除了眼前的桌案之外，就只剩下左牆邊擺放著的一個大木櫃，她心想如果是珍貴的資料，她師父鐵定不會隨便放置，一定會藏在一個很隱密的地方。

正想著就已走到大木櫃前，她正想著手開始查看櫃子上的竹簡時，突然聽到屋外傳來腳步聲，嚇得她趕緊將手中的竹簡放回原位。

就在她正想找個藉口，向她師父解釋自己為什麼會在這裡時，一抬頭就看到走進屋裡來的人，並不是白年洲而是張良，這才鬆了一口氣。

「月璃姑娘，妳在這裡做什麼？」眼尖的張良，瞧她嚇得臉色發白，就知道她沒有得到白年洲的批准，私自跑來這裡。

「我……哦，我是來給師父送茶的，我瞧師父不在，就隨便瞧瞧。」月璃趕緊離開大木櫃前，走到屋子正中間，指著桌案上的茶碗，困窘的朝張良笑了一下。

「是麼？在下瞧姑娘，好像一副作賊心虛的樣子，我記得白老似乎最討厭別人趁他不在的時候，到他屋裡來亂動他的東西。以前曾經有一名弟兄不知死活的跑了進來，想要借一本書來瞧瞧，被白年洲發現了，非得要主上將他給逐出『影』不可，若是他知道他的寶貝徒兒，未經他的許可，跑來屋裡翻箱倒櫃，不知會有什麼後果？也許會被逐出師門也說不定。」張良這話可不是故意嚇唬她的，雖然瞧著她做賊被人逮個正著的樣子，十分好笑，但又不忍當面笑話她，所以就忍著沒笑出來。

「逐出師門？沒這麼嚴重吧。」月璃瞪大了雙眼，全身肌肉也跟著緊繃了起來，瞧張良並不像是在說笑，也許真的會有這個可能性也說不定，她現在懂得有關星術師的一切都是白年洲教的，萬一被他知道她亂動他的東西，一氣之下他以後再也不教她，那可怎麼辦？她越想越心慌，眉頭都快要皺在一起了，她突然想起一事，反問道：「先生怎麼也到這屋子裡來？難道就不怕被我師父責罵？」

「哈哈，在下可是得到白先生的允許才過來的，方才白老與主上正在大廳裡議事，他正巧忘了隨身的手札，他年紀大了，走路比較慢，加上天氣熱又懶得兩地來回跑，故此特地要在下到他的屋子裡來取。」張良說完，就蹲下身來，在書案上翻找了一陣，最後拿起一卷竹簡，朝她笑道：「呶，就是這一卷，現在姑娘可以告訴在下，到底是為何事而來了吧？」

「什麼都瞞不過先生，呵呵。」月璃難為情的搔搔頭，又朝張良笑笑，心裡琢磨了好一陣才開口道：「既然被先生識破了，那我可不可以請先生幫我一個忙，不要將這件事告訴我師父。」

「自然是可以，不過姑娘須得告訴在下，來此究竟有何目的？」張良根本不想為難她，純粹只是好奇她的動機而已，他知道月璃稟性單純，絕不是那種心懷不軌之輩，一定有什麼苦衷，才會做這種偷偷摸摸的事。

「我師父曾說，若是將星術之力用在干涉生死的自然法則的事情上，將會招致嚴重的後果，可是他又不肯說會有什麼樣的後果，我一時好奇才想說也許能在師父屋裡的藏書中，找到答案也說不定。張良先生，你知道我師父說的嚴重後果是什麼嗎？」張良看起來很有學問的樣子，與白年洲也頗有交情，月璃心想他可能會知道答案，就抱著姑且一試的心態，總好比她毫無頭緒亂翻亂找來得好。

「真遺憾，在下並不知情，白老一向不會將這種事情掛在嘴邊，很抱歉，幫不了姑娘的忙，不過……」張良打量了屋子裡一下，又向月璃道：「姑娘若是想要繼續查找的話，在下可以當作沒看見，絕不會任何人提起此事。」他心想，既然白年洲拒絕幫助「影」，若是月璃能夠多了解一些有關星術之力的事，日後或許能夠派上用場也說不定，索性就來個順水推舟，亦可做個人情給她。

「那真是太好了，多謝先生了。」她笑靨生花的笑了一下，又朝他屈膝施了個禮，感謝他肯幫自己這麼大的忙，完全不知他這麼做是另有盤算。

「不必客氣，姑娘是主上的客人，幫助客人也是應該的，那姑娘就自個兒慢慢看，在下先告辭了。」張良說完，就退出屋子，只留下月璃一個人待在房間裡。

她心想事不宜遲，就趕緊走到剛才的那個大木櫃前，把上面的書卷，一卷卷的搬出來，逐一攤開來尋找，除了一些有關星象的記載，還有幾卷《周易》之外找了半天也沒找著自己想要的東西，反而為了搬書，把脖子和手臂弄得又痠又累。

正當月璃按摩發痠的脖子時，看著她剛才為了找書，把竹簡一卷卷的搬下來，木櫃清出了一個空間，那木櫃的木板的顏色有兩邊不一致之處，一邊比較淺，一邊比較深，她伸手去摸摸那兩種顏色交接之處，突然發現木櫃裡的木板中似乎藏著什麼東西。於是就把書全都搬到地上，用手指往木櫃的木板上輕敲幾下，這書櫃後面居然是空心的，而那塊與木櫃顏色不一致的長方形板子似乎可以搬開，她就使勁往左側拉開，沒想到一拉就開了，她探頭往裡面一瞧，木櫃裡面藏著一個黑色木雕的小盒子。

她將小盒子放在地上，打開盒蓋，發現裡面藏著一卷竹簡，她拉開捆竹簡的絲繩，發現這竟然是一個人的手記，字跡十分工整，一看就知道是練過字的，上面的字跡是用楚國的文字寫成，雖然此種文字，自從秦始皇採用李斯的建議，統一文字之後就再也沒人使用，不過還是難不倒自小飽讀群書的月璃。

就在她想坐下開始讀的時候，突然聽到外面傳來白年洲的聲音，嚇得她心臟噗通噗通的亂跳。

「白老，您怎麼親自過來了？主上和您談完事了麼？」一聽就知道是張良的聲音，顯然他還沒走遠。

「還說呢，叫你到我屋子裡拿一卷手札，拿了大半天不見人影，老夫特地過來瞧瞧，劉邦那小子還在大廳裡等你呢，說非得等你到了才能開始議事。」白年洲在屋子外頭停下，他顯然沒發現屋子裡有人。

「哦，那可真對不住了……」

月璃聽到這裡，不敢再分神往下聽了，既然師父提早回來，她就必須加緊腳步，搶在白年洲進屋之前把這卷手記讀完，這麼重的竹簡她可無法藏在袖子裡帶走而不被發現，再說這麼大的一卷竹簡要是不見了，白年洲鐵定會發現的，到時候她可就得挨罵了，說不定他一怒之下，還會將她逐出師門呢。

就在這節骨眼上，她突然看見了書卷上署名的地方寫著「范少伯」三個字。

少伯就是范蠡的字，范蠡曾幫助越王句踐復興越國，在功成之後，他沒有留下來加官晉爵，反而帶著心愛的女人西施一同退隱山林，一時傳為佳話。

這段故事，她也曾在書上讀到過，不過令她不解的是，白年洲應該只對星象的書感興趣，他屋子裡的藏書也都是這一類的，為什麼會有范蠡的手記？還用小盒子收藏在這麼隱密的地方，這表示這手記一定紀錄著某些重要的事情。

如果這手記真是范蠡本人留下的，那就可以說明為什麼是用楚國文字書寫，而非越國文字。范蠡原本是楚國宛地人氏，後來才投奔越國效忠句踐。他刻意用家鄉文字書寫，這究竟是為什麼？難道手記裡面紀錄著什麼，不想被越國人知道的事情嗎？

范蠡是春秋時期越國的一名大夫，雖然有些書上說他上通天文、下識地理，不過她猜想身為大夫每日處理朝政都來不及，哪裡還有閒情逸致去紀錄天象的變化。

月璃不暇多想，連忙讀了下去，發現了一個驚人的祕密……

一個連史書上都沒記載的祕密。

（七）

「自吾在苧蘿山浣紗河邊尋得西施之後，令吾魂牽夢縈、日夜思念，不能自已。然主公復國大業不能耽擱，為了復興越國，只好按照計畫，將西施獻與吳王夫差。吾知曉，這個決定將會使吾悔恨終身，然大丈夫有所為有所不為，為了黎民蒼生，也只好犧牲吾與西施兩人的幸福……

吾曾在西施身上看到她的未來，吳宮之行雖有兇險，但最終能逢凶化吉，這才讓吾稍感欣慰。吾也曾想以星術之力改變西施的未來，免去她犧牲入吳宮的命運，心知此舉必會影響到主公復國大業，甚至牽連到越國百姓，吾再三思量，始終不敢輕用。」

看到此處，不由得月璃心頭一驚，原來這范蠡也是個星術師，難怪他能順利相助句踐復國，西施是他心愛的女人，可是他最終也沒有使用星術之力改變將她獻給吳王夫差的命運，難道使用星術之力所影響的，不只是那個人的未來，連相關的人也會受到波及？正所謂牽一髮而動全身，大概就是這個樣子吧。

正當她還想繼續往下讀時，門外又傳來說話的聲音，不由得又讓她的心跳得更快，將竹簡貼近自己的胸口，豎起耳朵傾聽門外的動靜。

「不對啊，你這小子動作一向很迅速，怎麼今天幫老夫拿一個手記，也折騰這老半天？咦，這門沒關好。」白年洲察覺到門留著一道縫隙，狐疑的走到門邊，探頭從窗戶往屋子裡瞧，總覺得哪裡不太對勁。

「哦，這大概是在下方才出來的時候，忘了把門關好了，哎，您瞧我這記性……」張良在白年洲想要開門一看究竟時，趕忙搶在他前頭，擋在門口，又故意提高說話的音量。

月璃心知這是張良故意在給她提個醒，要她快點離開，她暗自感謝張良的幫忙，但她離查出真相只有一步之遙，說什麼都不甘心放次這個大好機會，況且若她的師父發現有人動過他的書卷，搞不好下次就換其他的地方收藏了，這樣她想要知道的事情就永遠也得不到解答。

她深呼吸了一口氣，決定賭這一次，她用手指指著竹簡上的文字，在文字旁邊劃下了一條條的直線，加快了閱讀的速度。

（八）

「主公三番四次問吾，為何對擬定攻打吳國的計策如此有自信，吾總是以兵法來解釋，企圖瞞混過去，所幸主公深信不疑，連與吾交好的文種也沒起疑。吾萬萬不能讓主公和文種知曉，吾能以星術之力改變越國和吳國的未來，否則以主公猜疑的性格，吾一定會慘遭不測……

縱使越國戰勝吳國的機會非常小，吾也可以使越國戰勝的未來實現，這是吾與生俱來就有的能力，這大概是上天要吾幫助主公復國吧？

攻打吳國的日子越來越接近了，幸好無人發現我擁有能改變吳、越兩國命運的能力，吾現在只擔心西施，不知她在吳國過得好不好？人現在是瘦還是胖？思及此處，吾今夜又輾轉難以入眠……」

月璃讀到這裡，突然恍然大悟，原來越國能順利打敗吳國，不是因為句踐勵精圖治、臥薪嘗膽的緣故，而是因為范蠡使用星術之力改變了吳、越兩國的未來。這就足以解釋，為什麼越國能以戰敗國的姿態，打敗比他強盛百倍的吳國。

她並沒有沉溺在發現這個重大祕密的喜悅心情太久，門外又響起白年洲低沉的嗓音。

「為什麼你老擋在門邊，是不是屋子裡有人？」白年洲狐疑的瞇起了眼，張良越是擋在他身前，他就越加的懷疑起來。

「沒有、沒有，誰不知您白老訂下的規矩呢？有什麼人敢亂闖您的屋子，您不在組織的時間，主上吩咐您屋裡頭的東西都不准動，這個您老也是知道的。」張良也不知他的緩兵之計能夠拖延多久，他也不便往屋子裡瞧，免得引其白年洲的懷疑，若他真打算進屋那可就糟糕了。

「是麼？老夫可就不信了，這裡頭一定有古怪。」白年洲說完，就將張良一把推開，伸手去開門，一腳就要踏過門檻。

聽到開門的聲音，月璃真是連氣都不敢喘上一口，她拿著竹簡的手心都冒出冷汗來了，就在她凝神屏息時，眼睛突然掃到竹簡上的一段文字，她得摀住自己的嘴，才沒有驚叫出聲。

（九）

「我軍終於順利攻進吳宮，等我找到西施時，發現她已是一具冰冷的屍體。她貼身的侍女說，她害怕世人會說她是個狐媚惑主的禍水，而只能共患難不能共富貴的句踐，也必定不能容她，更讓她不能忍受的是，她迫於情勢，委身於一個她不愛的男人——夫差，這更是她一生的奇恥大辱。對女人來說，名節勝於一切，她無顏面對她心愛的人，也就是吾，所以在越國攻打進來之時，她就選擇了拔劍自刎。

吾抱著西施的屍體，悔恨不已，當初實在不該對自己的能力太過自信，須知星術之力也無法準確的預知所有人的命運，在未來變成真實之前，仍有改變的可能。一切都是吾大意了，縱使幫助越國打贏勝仗又如何，贏了天下，卻輸了她，突然間輸贏、勝敗，對吾而言已不再重要，當時吾就只有一個念頭，吾要扭轉西施死亡的事實，無論要吾付出多大的代價。

吾不顧前輩的告誡，使用了被歷來星術師視為禁忌的術法，成功的讓她再度死而復生。吾雖然欣喜不已，此法得以奏效，卻也付出了此生最大的代價……」

竹簡最末端還寫著一行小字：「吾此生做了兩件最錯的事，就是為了幫助主公復國，數年來使用星術之力，已讓我的力量瀕臨耗盡，為了不讓越國的百姓繼續過著水深火熱的日子，吾使用了吸取他人星魂的禁法，犧牲了許多無辜的性命。第二件錯事，就是違背了生死的法則，讓西施死而復生。此二者之害，尤以後者為甚，讓吾付出慘痛的代價，本想以火燒之，但又不忍星術祕法在吾手上失傳，故而寫此手記以警惕後人，萬不可輕用……」

看到這裡手記就結束了，月璃將竹簡完全展開，想要再看看已沒有什麼文字，記錄范蠡使用禁法究竟付出了什麼代價，卻從竹簡上掉出一塊羊皮，落到地板上。

月璃彎下腰，撿起那塊羊皮，本想細看，又聽到白年洲的腳步聲，只能趕緊將羊皮藏於袖中收好。

正當她以為自己一定會被師父逮個正著，而捏了把冷汗時，這時門外又傳來一個人的說話聲：「白老、張良先生，你們在此處做什麼？」月璃認出這是劉邦的聲音。

「我這屋子裡有古怪，一定是張良這小子動了手腳。」白年洲不悅的道。

「白老，您可真是誤會了。」張良又道：「主上，您怎麼親自來了？」

「我瞧你們去拿個東西，一去不返，所以過來瞧瞧生什麼事，既然東西已經拿到了，就回大廳繼續議事吧。」劉邦看到張良手中拿著竹簡，就知道他已拿到白年洲所交代的手記，他以命令的口吻向兩人說道。

「是、是，白老，既然主上都親自來了，這屋子您也瞧過了，就先回大廳吧。」張良一手搭在白年洲的肩膀上，將他推出屋外。

聽到三人走遠的腳步聲，月璃這才鬆了一口氣，經這一嚇，她可不敢再多耽擱，趕忙把范蠡的手札放回原先的小盒子裡，藏回木櫃的暗格裡，所有的書卷都放回原位，臨走的時候還把放在桌案上的茶碗給端走，免得白年洲知道有人進過他的屋子裡。

月璃終於知道白年洲所說的，不可將星術之力用在違背生死法則上是什麼意思，原來指的就是不能用來改變某人已死的事實。生死本就是人生自然的歷程，有生必有死，無人能逃得過，就算是秦始皇數次遣使者去求長生不老藥，也是徒勞無功，正是這個道理。

范蠡明知這麼做違背天理，卻還是選擇逆天而行，讓他的愛人死而復生。這麼做他到底付出了什麼樣的代價，在手札最後都沒有寫明。

那一定是很慘痛的代價，否則他不會寫在竹簡上叮囑後人，絕對不可輕用。月璃也沒對此耿耿於懷，反正她是不可能用范蠡所言的那兩種禁法的，至於後果不後果的，她又何必去在意呢。

那塊藏於竹簡中的小塊羊皮，她怎麼看都只是一塊普通的羊皮而已，上面沒有刻什麼文字，連個圖案都沒有，她決定要好好收存，或許將來能有什麼進一步的發現也說不定。

這次的事情，她守口如瓶，就連蔣暮桓也都沒提起過。

第八章

突逢變故

（一）

這一兩個月來，咸陽城的封鎖令解除了，來往做買賣的商旅也多了起來，月璃幾次提出想要回家的想法，都被劉邦幾人反駁回來，他們說雖然封鎖令是解除了，可是官府並沒有放棄搜捕他們，所以還是暫時住下比較好。

劉邦邀請月璃加入組織的事情，後來雖然也有提過一兩次，不過她都沒有正面的答覆，她雖然很想直接拒絕，不過總覺得這樣不太好意思，畢竟受到劉邦等人的照顧甚多，況且她也還沒有完全下定決心。

蔣暮桓也認為她不要捲入政治鬥爭裡會比較好，所以也就沒有催她趕快下決定。加上白年洲其實也挺反對她加入「影」，他始終認為身為星術師不該干預局勢的發展，而政治鬥爭更加不是她一個小姑娘應該參與的。

這一天，蔣暮桓要到咸陽城去打探些消息，前些日子聽說秦始皇進行了一次大規模的坑儒行動，把批評政府最嚴重的儒生統統活埋，總共有四百六十餘人受害，簡直是大規模的政治迫害行為。

劉邦想要知道李斯還有沒有什麼後續的行動，所以才派他前往探查，蔣暮桓的輕功不錯，很適合擔任蒐集情報的工作。

月璃趁著這次機會，要求他也帶她一起去，起初他不肯答應，後來拗不過她的請求，只好帶著她一起去了。她像往常一樣，用布巾把頭髮包住，這樣人家就不會發現她的髮色與眾不同。

兩個人走在咸陽城的大街上，她顯得格外的興奮，好久都沒來到熙來攘往的熱鬧街道上了，看著來往的行人商旅，感覺自己好像重新活過來了一般。

「不要東張西望，妳這樣很容易引起別人的注意。」蔣暮桓穿著斗蓬，大大的帽子遮住了他的臉，路上的行人來來往往，沒人注意他長相如何。

「噢，人家好久沒出來了嘛，每天關在農莊裡，悶都悶死了。」她不悅的嘟著小嘴。

「我看你跟虞姬學彈琴、畫畫，學得挺開心的嘛，怎麼還嫌悶呢？」他輕輕的笑了一下，小姑娘就是小姑娘，總是喜歡些新奇的玩意兒。

「雖然我喜歡彈琴，不過每天彈也是會悶的，而且我的手指都快磨破了。」她心疼的搓著自己腫脹的手指，沒想到古琴這麼難學，她彈得手指都快斷了，還是彈得不怎麼樣。真不知道虞姬到底是怎麼學的，她隨便彈一曲，就宛如仙樂一般，難怪項羽每次都聽得如癡如醉。

「哈哈，妳才學了幾天而已，嫂子可是學了十幾年啊，妳還有得練呢。」蔣暮桓笑道。

正當兩人調笑之間，他們經過一座豪華的大宅院，大門前有一對威武的石獅子，上面掛的牌匾寫著「崔府」兩個字。

「哇！這棟宅院怎麼這麼氣派？大門還是鑲金邊的，怎麼有人有錢到這種地步？」要不是月璃曾經去過皇宮，她還真會把這裡當成皇宮呢。

「崔成可是咸陽城裡數一數二的富商，他的宅院當然氣派囉，據說他認識的達官貴人可不少，他雖然不是什麼大官，那些當官的卻無人不敢給他幾分薄面。」這就是身為「影」的一員的好處，無論什麼樣的消息，組織的探子總是能打探得到，他所知道的也是從「影」的探子口中得來的。

「如果能混進去的話，應該能打探到不少有用的情報。」月璃盯著崔府的大門，一手托著下巴，若有所思的說，她被崔府氣派的宅院給吸引，忍不住駐足多看幾眼。

「別傻了，裡面守衛森嚴，我們無人引見是進不去的，還是先去酒館打聽情報就好，尤其這次帶著妳，我可不敢冒險。」蔣暮桓握著她的手，朝大街的另一個方向走去，不讓她在此多做停留，誰知此地會不會有官府的眼線？

「你這話是什麼意思，難道我會拖累你嗎？」月璃朝他的手臂上捏了一把，不高興的把頭轉過去，她看著崔府那扇氣派的大門，不禁羨慕起來。

就在這時，一名穿得很簡陋的婦人，衣裳上有好幾個補丁，頭髮也淩亂的批散在肩上，模樣顯得很蒼老，頭髮有些灰白了，她手裡抱著一籃待洗的髒衣服，步履闌珊的從崔府裡走了出來。

守門的兩名家丁，嫌惡的瞧了她一眼，她朝其中一人點點頭，那名家丁不耐煩的朝她揮揮手，要她趕快走。

「娘！」月璃看著那名婦人十分眼熟，仔細的瞧了一會兒之後，才發現那人竟然是她的母親，卻不知為何她的母親竟然淪落到替人幫傭？她想也沒想的，就衝上前去，又喊了一聲娘，那名婦人才慢慢的認出她來。

「妳是……璃兒？」月夫人有點難以置信的，瞪大著眼睛望著她，一不留神，手中的籃子掉到地上，一堆髒衣服也散落一地。

「怎麼搞的，拿個東西也拿不好，還不快撿起來。」守門的家丁看見了，一個人走上前來，踢了月夫人一腳，又看了一旁的蔣、月兩人一眼，沒好氣的問：「你們是什麼人啊？崔府也是你們這些人能隨便來的？」那個人獐頭鼠目，一副凶神惡煞的樣子。

「這位大哥，你誤會了，我們只是路過，不小心撞著這位大娘，馬上就離開，不會耽擱太久的。」蔣暮桓深怕惹人起疑，就低聲下氣的向那人賠不是，心想這些看門的還不是狗仗主人勢，要是換了平時的他，早就上前教訓他一番。他又從懷裡取出一錠銀子，塞在那個人的手裡，笑著說道：「這點小意思，給兩位大哥買酒喝啊。」

「算你有心，別在這裡逗留太久，趕緊離開。」那名守門的人，把銀子放在手裡秤了秤，滿意的點了點頭，又瞧了他們兩人一眼，才走回崗位繼續看門去了。

月夫人剛才被守門的人踢了一腳，雙膝跪倒在地上，月璃趕忙上前將她攙扶起來，邊說道：「娘，我是璃兒啊，妳怎麼會在這裡？爹和兄姊們呢？他們還好嗎？」

月夫人在她的攙扶下站了起身，仍是不敢相信自己的眼睛，她盯著月璃瞧了好一會兒，才問道：「璃兒，真的是妳？」

「是啊，我是璃兒，娘，這到底是怎麼是一回事？剛才那兩個人，為什麼對妳這麼兇？」月璃忿忿的瞪了那兩名守門的人一眼，氣憤他們對母親的態度惡劣，又轉頭望向母親，這才發現她的臉上早已佈滿淚痕。

只見月夫人哀傷的搖了搖頭，一時之間她也不知該怎麼回答，她蹲在地上把髒衣服一件一件撿起來，放回盆子裡，蔣暮桓和月璃也上前來幫忙。

趁著撿衣服的時候，蔣暮桓悄聲的問身旁的月璃，道：「這位是妳娘？」他曾在遠處見過她一面，不過沒想到她竟然變得如此蒼老憔悴，若非月璃喊她娘，他還真認不出來。

「嗯。」月璃點點頭，一邊幫忙撿衣服，一邊盯著母親瞧，很想知道家裡究竟發生何事。

蔣暮桓攙扶月夫人起身，將盆子交還到她手上，他看了月璃一眼，她緊咬著下唇，他知道她定有很多話要跟月夫人說，他又四處張望了一下，這裡畢竟是大街上，雖然很少會有人走到崔府門前，不過他們這幾人在這裡站著，時間久了難免會令人懷疑，他便對月璃道：「璃兒，這裡是大街上，人來人往的，還是換個地方說話吧！」正當他講話的時候，月璃也已經把衣服撿好了，她朝蔣暮桓點點頭，表示同意他的看法。

「這位公子說的是，我們到旁邊去。」月夫人朝四周東張西望了一陣，然後拉著月璃到大門旁的一個角落，輕聲的說：「妳爹他已經死了，妳那兩個兄姊，娘也不知他們如今在何方。」

「爹死了，怎麼可能？是病死的嗎？」月璃乍聽到這個消息，像被五雷轟頂似的，一時之間身體無法動彈，她難以置信的睜大眼睛，她離開家的時候，父親的身體明明都還很健朗，怎麼說死就死了呢？

「不是，都怪秦始皇聽從李斯的建議，頒佈什麼焚書令，妳爹不過藏了幾本書，就被官府的人捉去，說妳爹寫了批評政府的文章，所以就被官府的人判了死刑，而我們家的人也都被發配到富人家裡為奴為婢，我是被發配到崔成家來打雜，你的兩個哥哥姊姊也不知被發配到哪裡去？幸好妳當時不在家裡，否則也會落得跟我們一樣下場。」月夫人一邊說，一邊難過的哭了起來，還不時的用袖子擦拭眼淚。

「什麼？爹怎麼可能寫文章去批評朝廷？一定是有人刻意栽贓陷害的。」她聽了之後，宛如五雷轟頂般的震撼，她愣在原地，許久都無法動彈。

「誰知道呢？我們家原本是魏國的貴族，後來為了避難才隱姓埋名，可能就是因為這樣，秦始皇擔心妳爹有造反之心，所以才找個藉口除掉他也說不定。」月夫人一手撫上她的臉，眼淚又不停的流了下來，幸好總算能讓她再見到女兒一面，上天總算是待她不薄。

「不，不是秦始皇，這一定是李斯搞的鬼，他曾說要讓我嚐到親眼看著親人死去卻無能為力的滋味，這一定是他為了報復我沒留在宮裡才下的毒手，一定是他。」月璃大聲的嚷道，也不管那兩名看守大門的家丁，是否正盯著她瞧。

「妳先冷靜點，也許事情不一定是像妳想得那樣。」蔣暮桓拉住她的手，怕她一時衝動不知會做出什麼傻事來。他瞥見看守大門的兩名家丁，見到那兩人指著他和月璃竊竊私語著，其中一人快速往街道的另一頭跑去，他心裡有一股很不好的預感。

「不，暮桓，你還記得我們逃離皇宮之前，李斯對我說過的話嗎？他身為左丞相，想要殺誰、整誰還不是一句話的事，我相信一定是他做的，我要為父親報仇。」月璃眼中含著淚，雙手緊握成拳，她越說情緒越激動，她現在心裡真是恨透李斯了，都是他害得她家破人亡。

「月璃，我們得趕緊走了，我懷疑那兩名家丁已經注意到我們，其中一個很可能已經去官府通風報信去了。」蔣暮桓拉著她的手，在她耳畔小聲的說著，他實在不想在這個時候催促她離開，破壞她與月夫人母女重逢的一刻，可是他們兩人都還是官府通緝的要犯，得先保護好自己才行。

「我不能丟下我娘……我要救她出來……」月璃想要甩開他的手，可是他卻緊緊的握住，她怎麼甩也甩不掉。

「妳救不了的，妳娘是被朝廷判決才發配到崔府當奴婢，只要秦始皇在位的一天，就個判決就不會改變，妳現在也是朝廷通緝的對象，要是官府的人知道，月家的漏網之魚現在就在咸陽城裡，妳想想會有怎樣的後果？」蔣暮桓見她不願離開，就強行將她拖走，她情緒這麼激動，在崔府門口附近大吵大嚷，很容易惹人注意，若是驚動官府的人，想走可就走不了了。

臨走之前，她還看見母親朝她含淚揮著手說：「快走吧，璃兒，記得要好好照顧自己，這也是妳爹生前最後的一個心願，他最放心不下的人就是妳啊……」

後頭的幾個字，她聽不清了，蔣暮桓拉著她的手在大街上狂奔，跑了一小段路之後，就看到十幾名官兵手拿著大刀，擋在他們身前。

（二）

正當他們想往後面逃時，發現後面的路也被官兵給擋住了，他們兩人就好像落入陷阱的獵物一般，進退兩難。

這是一條狹長的街道，出口只有前後兩邊，現下這兩邊出口都被堵死，除非他們有插翅而飛的本領，否則恐難逃出生天。

領頭的一名官兵，拿著大刀指著她問道：「小姑娘，方才有人通報，妳和月河的夫人在路邊拉拉扯扯，而且還有人聽到妳叫她娘，妳是不是犯人月河的女兒？」

「這位官爺，我想你可能認錯人了，這不過是一場誤會。」蔣暮桓挺身而出，站在月璃身前，擋在她與官兵之間。他陪著笑臉，打算否認到底，企圖蒙混過去。

「誤會，官爺我這裡有畫像為證，你們兩個人的身形和畫像上面的很像啊，這可是朝廷發佈的通緝榜單，你們還想抵賴嗎？」其中一名官兵，從懷裡掏出兩幅畫像，上面畫的一男一女，正是蔣、月兩人。

「小子，快把身上的斗蓬脫掉，讓官爺我瞧瞧清楚，還有這個小姑娘，把頭上的布巾給拿掉，若不是朝廷要犯，需要這樣遮遮掩掩的嗎？你們兩人一定有古怪。」另外一名官兵以命令的口吻道。

「看來，還是被發現了啊。」蔣暮桓從來不害怕打架，他只是不想要太過招搖，而且還帶著一個月璃，多少讓他有些顧忌。

「看來你是承認囉，你們來頭可不小啊！名字居然在左丞相親自發佈的通緝令上頭，你們倆就是日前闖皇宮劫囚的蔣暮桓和月璃吧，現在這小姑娘又多了一個罪名，是朝廷要犯月河之女，上頭交代下來一經發現，一定要逮捕歸案。」領頭的把畫像揉成一團，一把塞進袖子裡，他舉起手上的大刀，一聲吆喝：「弟兄們，把這兩個人給老子拿下。」

街道兩邊的官兵揮舞著手中的大刀，紛紛朝他們衝了過來。

「妳等下緊跟著我身後，無論如何都不要離開，聽到了嗎？」蔣暮桓眼見馬上就要開打，他小聲的對身旁的月璃道。

月璃卻像沒聽見一樣，一動也不動的杵在原地，眼神呆滯。月河的死訊帶給她的震撼，並沒有因為離開崔府而減退，她難以置信才離家短短數個月，一向疼愛她的父親就這樣死了。

朦朧之間，她彷彿看到蔣暮桓手捏劍指，發出一道道銳利無比的劍氣，朝那些舉刀衝上來的官兵的手腳砍去，有些人被砍中左手，有些人被砍中右腿，發出悽慘的哀嚎聲。

縱然他的心劍可以傷人於無形，可是官兵人數眾多，蔣暮桓一時應接不暇，難免左支右絀。有幾個人衝到他面前，拿著大刀往他肩頭、下盤砍去，蔣暮桓跳了起來，躲過下盤的攻擊，一手握著朝他左肩砍過來的大刀，大喝一聲，用內力將那大刀硬生生的折斷。就在他忙著對付眼前的敵人時，冷不防一名官兵拿著大刀往他背後砍來，蔣暮桓早在那人靠近時就已察覺，騰空跳起，側身朝那人肚子上踢了一腳，那官兵立刻痛得倒在地上爬不起來。

蔣暮桓雖然成功打倒了幾名官兵，卻無法阻止更多的人馬朝他衝了過來，一時應接不暇，手臂上被敵人的大刀，畫出了一道道的血痕。

他被敵人逼到牆邊，卻依然以劍指發出一道道的劍氣，朝迎面而來的官兵攻擊而去，他憂心月璃的處境，轉頭朝身旁一看，月璃已經離他有數步之遙。

她居然在原地呆呆的愣著，雙眼呆滯，就好像木頭娃娃一般，一動也不動。眼看有幾名官兵，揮舞著大刀朝她衝了過來。

蔣暮桓被幾名官兵包圍，無暇分身救她，只能朝她大喊：「月璃，快跑……」

她卻彷彿沒聽到一般，仍呆立在原地，這一幕幕的血腥景象，對此刻的月璃而言，就宛如是發生在不同時空的事情一樣，她面前像是有一道無形巨牆，將她和周遭的人隔離開來。

耳畔傳來的是母親最後的叮嚀：「妳爹希望妳能好好的活下去……」

淚水模糊了她的視線，她忿忿的緊握著雙拳，暗自埋怨上天的不公，為什麼她的父母親一生沒傷害過任何人，卻落得一個死，一個當奴婢的下場。

突然間，她好恨眼前這些朝廷的鷹犬，一想到她的父親就是被這些人拖到刑場活埋，她的心就糾結在一起。

恍惚間，那些高舉大刀朝月璃衝過來的官兵，已經欺身到她面前，只見其中一人拿著大刀朝她左手砍去。

來不及了！

蔣暮桓眼見她情況危急，無暇細想，立刻將體內劍氣催至頂峰，雙手同時捏起劍指，朝敵人身上的要害劃去，圍著他的官兵沒想到他的劍氣來得如此猛烈，一時躲避不及，紛紛中招，倒地不起。

「月璃，危險，快閃開！」蔣暮桓想也沒想的就衝到月璃身前，那名朝她衝過來的官兵，卻已經舉著手裡的大刀朝她砍來，他想也沒想就將她推至一旁，一時躲避不及，左肩上挨了那人一刀。

鮮血染紅了他的衣衫，也濺到了月璃的臉上。

月璃這才從自己的世界中清醒了過來，她緩緩的用手指抹去臉上的鮮血，看著沾了血的手指，突然冷冷的笑了起來，那笑聲讓所有在場的官兵都愣了一下，全部的人都回頭看她，當然也包括蔣暮桓。

蔣暮桓沒有愣住太久，他一腳朝面前的官兵肚子上狠狠的踢了一腳，那人立刻痛得彎下腰來，他奪走了官兵手上的刀，從自己的左肩上拔了起來，他握著月璃的手，說道：「快走……」

就在這時，另一名官兵趁他們沒注意時，拿著刀悄悄的接近月璃，就在她一個轉身時，那名官兵已經將大刀架在她的脖子上。

他望向蔣暮桓，得意的笑道：「不許動，否則我就一刀結果了她。」

「不許傷她。」蔣暮桓眼見月璃被擒，心亂如麻，雖不情願，也只得舉起雙手投降，幾名官兵立刻湧上來，對他一陣拳打腳踢，最後將他一手反折在背後，踢了他的後膝一腳，他頓時痛得跪倒在地上。

她清楚的看見，他嘴角流著血，身上也多處淤青，衣服破了好幾處。

原本緊握的拳頭，握得更緊了，她緊咬著嘴唇，轉頭怒視拿著刀架在她脖子上的一名官兵。

「哈哈，這就對了，小姑娘你的男人已經投降，妳也乖乖的跟我們走吧。」那個用刀架著她脖子的官兵，朝她得意的笑道，她覺得他那堆滿笑容的臉，真是面目可憎。

「你以為你贏了嗎？」月璃的語氣不帶絲毫感情，聲音冰冷得彷彿變了一個人似的，她的雙目凝成兩潭寒冰。

蔣暮桓不知是不是自己看錯了，她的雙眸發出比平常更加妖異的紫光來，就連和她相處有段時日的他，也覺得不寒而慄。

「妳……」就在那名官兵還想說些什麼的時候，突然口吐鮮血，倒在地上死了，他的面容扭曲，臉色發青，死狀極慘。

原來就在剛才，月璃使用了星術之力，找出了他某個可能會發生的未來，集中精神讓這個未來成真，而這個未來就是他會吐血而死。這個人在五年後，會因欠下巨債，被債主毆打致死，死的時候口吐鮮血，臉色發青，就和他現在的情況一模一樣。

那個人倒在地上一動也不動，霎時間，月璃心中有一股說不出的暢快。她以前從來沒想過要傷人性命，可就在方才她親眼見到母親被發配為官奴的慘狀，又耳聞父親的死訊，讓她悲憤欲絕，如今這個人死了，她心中的鬱悶之氣，才稍稍的得以宣洩。

她的嘴角微微揚起，對在場的官兵說道：「如何？你們還想傷害暮桓和我嗎？」

那些官兵見狀，見狀都驚訝得說不出話來，他們都搞不懂，怎麼好好的一個人，會突然吐血倒地身亡。他們紛紛的向後退，覺得要與月璃保持點距離才行。

其中一人，拿刀指著月璃，聲音顫抖的問道：「妳、妳，妳用的是什麼妖法？」他的聲音也在顫抖，眼神飄忽不定，不敢直視月璃。

「你們丞相不是很想要我的星術之力嗎？那就衝著我來好了，為什麼要傷害我的家人？」月璃說這話時，一滴淚珠自她的臉頰滑下，可是她眼中沒有一絲哀傷的神情，她眼中只有憤恨的眼神，她雙拳緊握，若非使用過多的星術之力，會使她身體虛弱，她還真想把這些官兵都殺了，以洩心頭之恨。

蔣暮桓也被她給嚇到了，他並不是沒見過她使用星術之力，在對付蒙恬時，就曾見過月璃使用，只是他從未見到她現在這種神情，連說話的語氣都變得冰冷，他雖然感到驚訝，也不忘把握時機，趁這些官兵驚訝之際，掙脫制住他的人，又重新運使心劍，解決了在場所有的官兵。

由於這條道路早就被官府的人封鎖，所以一個路人也沒有，兩旁的住家，也早就緊緊關閉了大門，唯恐遭到魚池之殃。

幸好因為如此，才沒有誤傷無辜的百姓。

蔣暮桓一邊擦拭著嘴角上的鮮血，一邊走向月璃，卻被眼前的景象給嚇得呆住了，他在她身旁停下，有一度懷疑眼前所看到的，究竟是不是他認識的那個月璃？

「你去死、你去死……」她手裡拿著那名官兵的大刀，不斷的往他身上捅，在他身上捅出一個又一個刀口，鮮血流了遍地，那人兩眼睜得大大的，躺在地上一動也不動。

「璃兒，夠了，他已經死了，不要再捅了。」蔣暮桓一把奪走她手上的大刀，將刀丟在地上，張開雙臂將她摟在懷中，輕聲的在她耳畔說道：「沒事了，有我在，沒人會再傷害妳。」他原以為她是因為方才被人架住脖子，受驚過度，才會做出這麼激烈的舉動，直到她撲倒在他懷中，眼淚像決提的泉水從眼眶流出時，他才知道原來是他猜錯了。

「暮桓，我爹死了，他這麼好的一個人，我要替他報仇，我一定要替他報仇，我要讓李斯付出代價。」她把頭埋在他懷裡，一手捉著他的衣襟，哭喊道。

蔣暮桓不知該說什麼安慰她的話，他心中明白說什麼都沒法讓她心情平復，因為她的父親再也活不過來。

他唯一能做的，就是緊緊抱著她，陪在她身邊。

他無法勸她不要報仇，即便他知道要殺李斯難如登天，還是無法說出勸她打消報仇念頭的話來。

等她好不容易止住淚水，抬起佈滿淚痕的小臉仰望他時，說的第一句話便是：「暮桓，我要加入組織，藉助『影』的力量，有朝一日，我一定可以替我爹報仇。」

「妳可想清楚了，一旦加入就不能退出。」他皺起了雙眉，他知道她原本並不想加入，突然間改變主意只是為了復仇，見到她這個樣子，反而讓他感到憂心。

「我不會後悔的，只要能殺掉李斯，做什麼我都不會後悔。」她信誓旦旦的說。

在那之後，她簡直就像變了一個人似的，一改之前的稚氣，變得沉著穩重起來，她的紫色眸子變得更深了，從前是淡淡的紫羅蘭，如今竟變成深邃的紫色，而這個轉變連她自己都沒注意到。

第九章

復仇計畫

（一）

自從月璃加入了組織之後，她就搬離了農莊，張良在咸陽城近郊找個了偏僻的地方，給她建了間雅致的竹林小屋，也為她添置了一些生活日用品。

蔣暮桓仍然為「影」做事，他一有空就會來此陪她說說話，聊聊天。

不過自從她生命中最重要的事只有復仇之後，他們兩人的關係就逐漸的疏遠了，反倒是她與張良和劉邦走得更近些，尤其是張良，常常來此與她徹夜長談，她也在張良身上學了不少兵法謀略，可謂是良師益友。

月璃也曾想過，既然范蠡可以使用禁法，讓西施死而復生，那她該也可以用此法讓父親起死回生。

但由於范蠡並未在手札上寫明使用的方法，以及他在手札最末端叮囑後人，不可輕用此法，否則便會有嚴重的後果，卻又未言明這後果究竟是什麼，這讓月璃對此法抱著懷疑態度。

白年洲一向反對她亂用星術之力，既然范蠡都明言是禁法了，就算去問師父他也一定不會說的，而且她懷疑極有可能，連她師父也不知道這禁法要如何使用。

她認為與其苦苦去尋找這渺茫的起死回生之術，倒還不如幫助「影」推翻暴秦，也算是為老百姓做點好事，而且等秦朝瓦解之後，她還能有機會救出母親，以及找尋失散的兄姊。

這兩年來「影」都以從事地下蒐集情報的工作居多，劉邦和項羽也回到他們各自的家鄉去，號召弟兄們準備起兵抗秦，只有張良留在咸陽城與月璃互通消息。

月璃也用她獨特的預知未來的能力，幫「影」度過了不少危機，也多虧有她，「影」每次的行動才能格外的順利。

這一天傍晚，張良像往常一樣，來到她的住處造訪。

門沒有鎖，張良輕輕叩門之後，聽到她說了聲「請進」，就推門入屋，她如同往常一樣，在桌案上點上一盞小油燈，拿著竹簡編織成的書卷，專心的閱讀。

「月璃姑娘，上次拿來的《詩經》妳讀完了嗎？我這次拿了幾卷《春秋》過來，料想妳可能會感興趣。」張良肩上背著一個布袋，他從袋子裡取出幾卷又重又厚的竹簡，放在桌案上。

雖然秦始皇頒佈了焚書令，不准老百姓私藏書籍，張良自小就飽覽群書，就算書籍全都上繳朝廷焚燬了，他依然能憑著腦中的記憶將之默寫了出來。他知道月璃喜歡讀書，特意的抄了幾卷，時常送來給她閱讀。

他環顧了四周一下，屋裡的擺設很簡樸，除了睡覺的臥榻、看書用的桌案，就只有牆角邊放著的那張古琴。

月璃今天穿著一件白色的絲質連身衣裙，白色的髮絲垂在肩上，她已經很久沒用布把頭髮包起來了，似乎是從今以後都不再打算隱瞞自己的身分。

「多謝先生了。」她抬起頭望向張良，將手中的書卷隨手放在桌案上，她微微點頭向他致謝，又朝自己對面的墊褥上指了指，示意他坐下，等到他坐定後，才道：「先生今夜專程前來，想必不是只為了要送幾卷書給我吧？」

「姑娘真是越來越聰慧了，什麼事都瞞不過妳。」他嘴角微微上揚，輕輕的笑了一下，她現在的智謀真可謂與他不相上下，又道：「子房前來是要告知姑娘，日前策動扶蘇對付李斯的計畫，已經失敗，現在扶蘇已經被李斯軟禁起來了，不過這件事還沒傳到秦始皇的耳裡。」

「哦，我還是算差了一步，本想藉扶蘇之手對付李斯，想不到還是鬥不過這隻老狐狸。」月璃的臉上顯得有些失望，不過這失望的神情很快就消失了，她現在也學會控制自己的情緒，不輕易的在他人面前表現出來。

「在下也原本以為此計確實可行，秦始皇本有意將皇位傳給長子扶蘇，而李斯素來與扶蘇不合，他為了鞏固自己的權位，慫恿秦始皇將皇位傳與幼子胡亥，也不是沒有可能的事。」張良道。

「原本我以為，只要將李斯意欲慫恿秦始皇立胡亥的消息，透過我們安插在扶蘇身邊的細作，傳達給他知曉，那他為了皇位必然會針對李斯，事前明明佈置得十分周詳，我們在扶蘇身邊也安插了不少眼線，沒想到還是失敗了麼？」月璃本來以為這次一定能打垮李斯，雖然李斯可以吸取他人的星魂，但是他沒有笨到會對朝廷的人出手，來暴露他星術師的身分，否則他早就可以吸取秦始皇的星魂，堂而皇之的篡位了。

「姑娘也莫要灰心，其實我們的計策也著實奏效，扶蘇的確有命蒙恬帶著兵馬去包圍李斯府邸，就是以他企圖干預立儲之位一事，前去興師問罪。但不知李斯對蒙恬說了什麼話，讓他撤回原先帶去的兵馬，第二天扶蘇就被李斯給軟禁了起來。」這一點一直令張良百思不得其解，蒙恬與李斯一向不合，怎麼會聽信李斯的片面之詞，就突然改變態度，倒戈相向，這其中一定有不可告人的隱情。

「我想李斯一定是對蒙恬說，如果他現在擁立扶蘇，等秦始皇駕崩之後，胡亥即位，第一個倒楣遭殃的就是他蒙恬。」月璃見張良雙眉微蹙苦惱的樣子

「哦，姑娘如何這麼肯定，秦皇死後必定是胡亥即位，而不是扶蘇？」張良劍眉輕挑，對此言有幾分懷疑。

「我前幾天觀星的時候，看到這個未來越來越明確，推測這個未來發生的機率非常大，而李斯必定也看到了這個未來，雖然他與蒙恬一向不合，但是他只要稍稍對蒙恬展現他星術師的能力，我想蒙恬必然會對他這個預言深信不疑，甚至反過頭去對付扶蘇也不是沒有可能的。」月璃走到門邊，將門敞開，步出門外，抬頭仰望天上繁星，天雖然還沒完全黑透，但已經可以隱約看見幾顆星星在夜晚發出閃耀的光芒，她一眼就能看出哪顆是秦始皇的星，哪顆是李斯的星，彷彿每個人的命運與未來都在她的掌握之中似的。

「姑娘現在又看到了什麼？」張良也走到她身邊，抬頭仰望夜空，不過這滿天的繁星對他而言就只是閃爍不定的星子，沒有任何意義。

「有一個人是造成這個未來越來越明確的關鍵，既然挑撥扶蘇之計已經失敗，不如可以利用這個人，或許可以成功剷除李斯。」月璃喃喃的道。

「這個人是誰？」張良問。

「趙高。」月璃指著天空的其中一顆星，說道：「這個人對權力的慾望絲毫不遜於李斯，雖然他現在只是一名中車府令，權位不及他，但是這人的星芒卻越來越明亮，甚至有蓋過李斯命星光芒的可能。」她已經暗中調查此人已久，對他的舉動都一直非常留意，不過此人心機深沉，與他合作

風險太大，不到萬不得已，她不想走這一步。

「那依姑娘之見，是打算利用他來除掉李斯？不過組織的目標始終都是秦始皇，我們已經為了李斯耗費太多的人力，主上也再三催促以先對付秦始皇為要。」張良頓了頓又說：「我知道姑娘急著想報仇，正所謂君子報仇三年不晚，姑娘還這麼年輕，不愁沒有報仇的機會。」

「呵呵，先生口才如此了得，難怪劉大哥會讓你擔任軍師一職呢。」月璃聽了他這番話非但沒有不高興，反而掩嘴輕笑，又道：「先生方才那番話並不是要勸我暫時不去對付李斯，而是想要知道秦始皇的未來如何，但又怕直接要求我預測，會被我給拒絕，所以才故意這麼說的，是麼？」

「哈哈，姑娘真是越來越聰明了，與之前涉世未深的小女孩簡直判若兩人，在下的心思的確瞞不過姑娘。」張良困窘的搔搔頭，因為自己的計謀被人識穿而感到不好意思。

「先生謬讚了。」月璃朝他施了個屈膝禮，笑道：「我今天能懂這麼多事，全賴先生細心調教，小女子不過是班門弄斧罷了。」

「是姑娘聰穎過人，許多事情一點就通。」張良朝她笑了笑，她說這話可不是客套，他對這名學生一向感到很滿意。

「呶，你瞧，那顆就是朱雀七星之一的心宿，『熒惑守心』之兆已現，此乃『大人易政，主去其宮』的徵兆，倘若不是帝王將要駕崩，就是太子或宰相死亡的前兆。加上秦始皇的帝星已經轉為黯淡，聽聞他又打算要出巡，我敢肯定他這趟出去就回不去了。」月璃一邊觀星，一邊向他解釋。

「看來白老確實對姑娘傾囊相受，以姑娘今時今日的占星術來看，真可謂青出於藍。」張良忍不著稱讚幾句，他這番話並非恭維之詞，而是為她的成長而感到欣慰，當年她初到『影』的時候，對星象占卜只是略懂皮毛而已，如今的她對星象可謂瞭如指掌。

「占星術不過是輔助而已，星術師和那些江湖術士的不同之處，就是我們與生俱來就有能洞察人的未來的能力，只要看到那個人或者是那個人的命星，就可以看到他可能的未來，只是這能力不能太常使用，有的時候也必須藉助占星術。」

「姑娘方才如此篤定秦始皇必定死於出巡路上，是否看到了什麼？」張良仰頭望著天際繁多的星子，看了半天卻看不出個所以然來，而月璃卻只是觀星，就能說出這許多，而她所言大都會成真，也因此張良越來越信任她，對她所言亦是深信不疑。

月璃將注意力集中在秦始皇的命星上，她開始使用星術的力量，去捕捉那個閃爍不定，隨時都會消失的未來。

人們的未來有許多個可能，有些未來就像流星一樣一閃即逝，她必須使用心靈的力量去捕捉它，當然這得耗費她些微的星術之力。

隨著她心靈的專注，她看到秦始皇最清晰，最有可能發生的未來浮現在眼前，他口吐黑血，像是中毒而死，至於是誰下的毒手，她看不清楚，眼前突然閃過好多人影，每個人都有可能涉及謀害秦始皇，她無法分辨究竟是哪一個？她將這個結果告訴張良。

「依姑娘所言，這個未來果然會成真的話，那我們也的確無需為刺殺秦始皇而多費心力了，只需要推波助瀾即可。」張良聽完，神色凝重的點了點頭，似乎在思考她方才所說的話，他頓了頓，又道：「只是姑娘如何肯定這個未來必定會發生？就姑娘方才所言，妳似乎也無法確定，秦始皇死於何人之手。」

「沒錯，透過觀星我只能看到最有可能發生的未來，但這個未來不一定會發生，因為人心瞬息萬變，我無法預測到人心。但，我可以向先生保證，必定會讓這個未來成真。」月璃微微的笑了一下，她的能力可不止預測未來而已。

「哦，姑娘為何如此肯定？」張良對此感到好奇。

「我可以讓我看見的未來成真，不管這個未來實現的可能性有多渺小，我都能夠透過星術之力讓它實現，前提是我必須見到那個人。」這個是她當初在范蠡的手札上發現的，當初越國反攻吳國其實並沒有必勝的把握，是范蠡以星術之力扭轉了局勢，導致了最後吳國慘敗的結局，她現在也打算效法范蠡，用此法對付秦始皇和李斯。

「既然姑娘如此有把握，在下倒有一計，趙高這個人素來對權位懷有野心，我們正好可以利用這一點，秦始皇相信仙丹可以讓人長生不老，我們給趙高一瓶仙丹，在裡面摻雜毒藥，與他聯手除掉秦始皇，這樣他就有把柄在我們手中，再慫恿他對付李斯，他為了掌握更高的權勢，必定心甘情願跟我們合作。」這個計策張良想了好多天了，覺得頗為可行。

「嗯，如此甚好，只要我見到趙高，就能使用星術之力，讓他誅殺秦始皇的未來必然實現，等到秦始皇一死，秦軍上下必定人心渙散，屆時我再趁亂對付李斯，劉大哥和項大哥也可趁機起兵。」月璃也頗為贊成此計。

「平時宮禁森嚴，要見趙高的唯一時機，就是趁秦始皇出巡的時候，我可派人佯裝襲擊秦始皇的車輦，將侍衛引開，這樣姑娘就能趁機見到他，只是這麼做風險太大，李斯必然也會隨行，萬一姑娘被他發現可就不妙。」張良有點擔心她應付不來，雖然她這段時日學識與占星術皆有進步，然而她始終是一名涉世未深的小姑娘，加上她又不懂武功，想到這裡，他不禁微蹙著眉。

「先生不必多慮，我還懂得見機行事，若先生不放心，可讓暮桓與我同行，以他的武功必可萬無一失。」月璃嘴上雖然這麼說，臉上也表現出一副胸有成竹的模樣，然而只有她自己才知道，她並無十足的把握。

秦始皇和他的隨從們都還好打發，趙高雖然是個野心勃勃的陰險小人，卻不擅長打鬥，只要將隨行的侍衛引開，就算兩人近距離面對面，他還不至於能威脅到月璃，況且還有蔣暮桓在身側。

李斯可就不同了，他是一名星術師，換言之，月璃能算到的，他也能算到，而他長期吸取他人的星魂，星術之力一定比她強上許多。現在只希望，他不會料到月璃想利用趙高除去秦始皇的計謀，否則還不到那一天，她和趙高恐怕得死一個人。

值得慶幸的是，改變他人未來的能力，必須與那人面對面才能使用，只要月璃一直在「影」的保護之下，李斯想要找到她也並不容易。

現在也只能賭，秦始皇出巡的那一天了，希望李斯不要看出端倪才好。

「蔣兄弟一向不喜姑娘親身犯險，恐怕他不會輕易答應。」有時候張良覺得，蔣暮桓是不是有些保護過度了，一有空就守在她身邊，也從來不讓她實際參與「影」的行動，好像她是陶瓷做的，一碰就碎了。

「我會說服他，先生無須擔憂。」月璃話剛說完，她的身子不自主的顫抖，剛剛使用了些微星術之力，她現在感到身子有些虛弱。

「姑娘沒事吧？」張良趕忙上前攙扶她。

「怎麼可能沒事。」

月璃還沒回答，就聽到白年洲的聲音，他此刻正吹鬍子瞪眼的朝他們走來，而蔣暮桓也跟他一道，想必剛才的對話，都被他們兩人給聽到了。

「師父。」月璃一見是白年洲來到，趕忙屈膝向他施禮。

「如果妳還認我這個師父的話，就馬上收拾東西，回妳的老家去，不要再插手這些亂七八糟的事情了。」白年洲在她面前停下，將她從頭到尾打量了一番，不悅的瞇起雙眼道。

「璃兒，是我將白先生請來的，近來妳的身體一直都不太好，我很擔心妳。」蔣暮桓走到她身邊，看到她身子又在發顫，伸手握住她的手，發覺她的手異常冰冷，不禁憂心的皺起了眉。

「哼，當然不好啦，她老是使用星術之力，身體怎麼會好得起來，照這樣下去，我看你們可以買一口棺材，替她準備後事了。」白年洲說完，又瞪了張良一眼，道：「你這小子又跑來做什麼？嫌她命太長嗎？」

「師父，這不關子房先生的事，是我當初自己決定要加入『影』的，您若要為了此事而責罰我，璃兒無話可說。」她知道白年洲不過是遷怒張良罷了，他這一肚子火，可全是衝著她而來。

「白老，您這話是什麼意思？難道月璃姑娘使用星術之力，會對她身體產生什麼影響嗎？」張良望著白年洲，感到有些訝異，又瞧瞧月璃蒼白的臉色，也察覺到她似乎有些不太對勁。

「何止是影響，簡直是……」白年洲氣得踱了一下腳，他本欲再說下去，卻被月璃把話題岔開。

「師父，有什麼話我們進屋再談吧，璃兒願意聽您的教誨。」她走上前挽著白年洲的手，將他扶進屋去，她故意阻止白年洲繼續說下去，因為她並不希望張良知道星術之力為她帶來的影響。

「哼。」白年洲哼了一聲，又瞪了張良一眼，才與蔣暮桓一同進屋去了。

等到月璃安撫好白年洲，才走出屋外，張良趕忙上前問道：「月璃姑娘，這到底是怎麼一回事？」

「沒什麼，師父一向都不喜歡我幫『影』做事，這你也是知道的，先生就請先回去，按我們的計畫進行吧，要出發之前再來通知我。」月璃的頭又開始暈眩，她揉了揉太陽穴，也沒什麼幫助，加上白年洲突然造訪，她也只能下逐客令了。

「好，那就請姑娘多保重。」張良朝她作了個揖，雖然看得出她有事隱瞞，見她不願意說，也不便再追問下去。

月璃送走了張良，走進屋子順手將門給帶上，見到白年洲和蔣暮桓已在屋裡坐下來，她也找了個位子跪坐下來。

「師父，您怎麼會突然跑來？」她感到有些奇怪，白年洲已經有一段時日沒有和組織聯繫了，她也許久沒見到他，他今日突然出現不會就是為了來把她訓斥一番吧！

她費力的拿起木几上的茶壺，想要斟一杯茶給白年洲，握著茶壺的手不住的顫抖，好幾次茶都灑到木几上。

「我來幫妳。」蔣暮桓看她這虛弱的樣子，就忍不住上前接過她手中的茶壺，在她準備好的三只茶杯中注滿了茶水。一想到她是為了替父報仇，頻頻使用星術之力，才把身子搞得這麼虛弱，他的心就在淌血。他也曾三番兩次勸她罷手，她就是聽不進去，所以他才將白年洲找來，希望她會聽她師父的話，不要再參與「影」的計畫了。

「謝謝。」月璃蒼白的臉上，擠出一絲笑容，她感激的瞧了蔣暮桓一眼，他還是像往常一樣，總是在她最需要他時，及時伸出援手。

她多麼希望這一切都沒有改變，還像去闖皇宮地牢那時一樣，雖然危險，可是他們倆人始終都在一起。

現在雖然蔣暮桓也時常來看她，可她覺得彷彿有一道無形的巨牆，橫在他們倆人之間，讓她覺得他離自己好遙遠，有的時候連他瞧她的眼神都變得陌生。

蔣暮桓將斟好的茶，分送到她和白年洲面前，自己也拿起了一杯，啜了一口才道：「白先生準備要退隱了，本就想要來向妳辭行，是我說起妳最近身子老是感到不適，白先生才決定連夜趕過來瞧瞧。」

「師父，連你也要離開了麼？」聽到這話，她心裡感到有些落寞，她已經沒什麼親人了，父親死了，母親與兄姊又被發配到富人家裡做奴婢，一家人流離失所，無法團聚，現在連白年洲也要離開，心裡總有些不捨。

「我本來是要帶妳一塊兒走的，不過聽到妳方才和張良說的那些話，我知道妳斷然是不願跟為師一起退隱的。」白年洲邊喝茶邊道，仍是一臉不悅，還在為方才的事情介懷。

「對不起，我知道我不應該介入這場權位鬥爭中，可是……」月璃說這話時聲音哽咽，淚水差點就要流了出來，一想到父親的死，她就難掩心中悲傷。

「為師知道妳要為父報仇，想要推翻秦朝好救出妳娘和兄姊，這些為師都知道，所以當初你決定要加入『影』的時候，我也沒怎麼阻止妳。但是我聽到妳要與趙高合作，還要助他奪得權位，這已經逾越了星術師應為的本分。」白年洲臉色一沉，神情變得十分嚴肅。

「為了達到目的，有的時候得不擇手段，如果還有別的辦法，我一定不會這麼做。」月璃無奈的閉上雙眼，這麼做她也是逼不得已。

「璃兒，妳為了復仇，整個人都已經變了，當初我認識的妳，天真無邪，幾時也開始學會算計他人？」蔣暮桓對她的轉變感到心痛，他放下手中茶杯，握著她的手道。

「這還不都是張良和劉邦教的，那兩個人為了奪取天下，什麼事都幹得出來，他們在利用妳，妳被他們賣了還幫他們數銅板。」白年洲一手朝桌案上重重的拍了一下，忍不住大罵起來。

月璃睜開眼，她沒有為自己辯解什麼，她知道她的解釋在白年洲眼裡，全都只是不算理由的理由而已。

「星術師的存在就是為了要見證局勢的發展，而不是去改變局勢，妳有過人的天賦，不該用在幫助野心家爭奪權位這件事上。妳瞧瞧，妳連個茶壺都拿不穩，這是個十五歲年紀的姑娘該有的身體狀況嗎？」白年洲越說越激動，他站起身拍了桌子一下，繼續訓斥道：「我早就告誡過妳，過度的使用星術之力，就是損耗自己的生命力，平時觀星觀看一個人未來的走向倒是還好，但每個人的未來在實現之前，都是飄渺不定的，妳如果要讓那個人的某個未來必定能夠實現的話，使用的星術之力將會使妳的身體變得虛弱，這就是為什麼歷代的星術師皆活不長的緣故。」

「白先生，您的意思是，如果璃兒運用星術之力，藉由趙高之手除掉秦始皇，她自己的身體也會受到影響？」蔣暮桓一聽此言，臉色一下子唰白，他沒想到使用星術之力對她而言竟要付出這麼大的代價。他想到月璃之前在皇宮使用星術之力對付李斯，就體力不支的昏睡了許久，他那時就應該知道的，若是早想明白這一點，他拼了命也會阻止她加入「影」。

現在一切都已經太遲。

「廢話，你以為星術之力是兒戲，想用就用，如果是這樣的話，天下早就大亂了。」白年洲眼睛瞪著和銅鈴一般大，他苦口婆心的勸說，就是希望月璃能把他的話給聽進去。

「師父，事到如今我也回不了頭了，請恕璃兒違背師命，但我答應您，等李斯一死，就馬上抽身而退，再也不管天下江山之事，這是我唯一可以承諾您的。」月璃的聲音越來越微弱，說到最後幾個字時，她疲憊的闔了上眼，她連為自己辯解的力氣都沒有了。

白年洲本還想再說些什麼，看見月璃這副虛弱的模樣，心也軟了下來，嘆了口氣道：「算了，為師老了，星術之力也被李斯這奸賊吸取了差不多，也管不動妳了，妳自己好自為之吧。」

他說完就步履蹣跚的走出屋外，月璃望著他的背影，頓時覺得他蒼老許多，初次見到白年洲時，雖然他已是滿頭白髮，可是眼中總是閃著光芒，現在她連這一點光芒也見不到，心中頓時感慨萬千。

她知道白年洲是為了她好，才說這一番話；她也知道身為徒弟，實在不該違抗師命，然而她知道對抗李斯是她必需要做的事情，就算失去性命也再所不惜。

蔣暮桓望了她一眼，就跑上前攙扶白年洲，扶他步出屋外。

那次是她在白年洲退隱之前，最後一次見到他。

（二）

在送走了白年洲之後，蔣暮桓關上了屋子的門，神情嚴肅的在她面前坐了下來，「妳方才和張良說的話，我都聽見了，我是不會讓妳去送死的。別說秦始皇出巡的時候，有多少人馬跟著，萬一這事讓李斯察覺到了，就算我的心劍再強，也保護不了妳。」

「暮桓，我早已不是小孩子了，我知道自己在做什麼。」她也在桌案前坐了下來，看見他重重的把門關上，她就猜到他要說的話是什麼。

「是麼，妳真的知道自己在做什麼嗎？」他走上前去，一把捉住她的手腕，他很少這麼激動，可事到如今他已無法再忍下去了，打定主意今日一定要把心裡的話都說出來。

「你弄痛我了。」她想掙脫他的手，卻被他更用力的握著。

「我可以體會妳想要報仇的心情，可是妳為了要利用趙高去對付李斯，居然要將趙高那個小人捧上高位，妳可知道這麼做會有多少百姓受害？難道在妳心中，報仇比天下蒼生更加重要嗎？」他沒鬆開緊握她手腕的手，他萬萬沒想到，當初純真的月璃，竟然會變成為達成目的不擇手段的人，一段日子沒見，她簡直要變得連他都感到陌生了。

「就算我不去干涉局勢的走向，難道你以為百姓就能過上好日子嗎？」既然他不打算放手，月璃索性放棄掙扎，任由他握著她的手腕，只要她選擇忽視，手腕的疼痛也可以慢慢化消，她抬頭凝視著他，又繼續說：「讓李斯或是秦始皇那種人繼續掌握權勢，老百姓一樣苦不堪言，若能利用趙高除掉李斯，日後我們的敵人就只有趙高一個，這可不比要同時對付秦始皇、李斯以及趙高三個人來得省事多了嗎？」

他一時啞口無言，他必須承認，她分析得很有道理，慢慢鬆開了緊握的手，臉上的怒氣化消了許多。

月璃抽回手，她揉了揉被他緊握著有些發紅的手腕，她不怪他會有如此激動的反應，若是換做旁人，也想必會難以諒解她即將要做的事。

「告訴我，如果到時候對上李斯，妳有多少把握？」蔣暮桓在她身前蹲下，注視著她的雙眸，他心知李斯危險的程度遠勝過秦始皇的千軍萬馬，就連白年洲這樣的星術師，也栽在李斯的手上，更何況是年輕識淺的月璃。

「你要聽真話嗎？」她低下頭，不想讓他察覺到她眼裡藏著的一絲恐懼。

「是。」即便他早就知道這個問題的答案，他還是想親口聽她說出。

「我沒把握。」她說完，又鼓起勇氣直視他的雙眼，道：「我知道秦始皇出巡，李斯必定隨侍在側，要想不被他發現行蹤，的確不容易，但即使要冒著被他吸走星魂的危險，我也要試上一試，我都已經走到今天這一步，沒法再回頭了。只要秦朝政權一天不垮，我一天都是朝廷通緝的要犯，我不想躲躲藏藏的過一輩子，我還要救出我的母親以及兄姊，暮桓，我希望你能明白我的心情。」她拉著他的袖子，聲音哽咽的道。

「我如果不明白妳，早在妳要加入『影』的時候，就已經阻止妳了。」他慢慢的站了起來，他轉過身，背對著她道：「我多希望妳還是兩年前那個懵懂無知的小姑娘，妳知道嗎？當初我接到蒙恬給我的命令，要我去保護妳的時候，我有多麼高興，因為我不必再用自己的一雙手為秦軍去殺人，那個時候的妳，連一隻鳥兒都不忍心殺害，可是想不到短短兩年，妳就完全變了一個人。」

「暮桓，對不起，我並不想讓你傷心，但我的確有非這麼做不可的理由。相信我，秦朝政權不會持續太久的。」她走近他，兩手環在他的腰際，將臉貼在他的背上，她幾乎可以聽見他胸膛傳來的心跳聲，接著道：「一直以來，都是你在身邊保護我、照顧我，此行吉凶難測，我希望和我一起去的人也是你，雖然這麼做很自私，可能會連累你一起送命，如果你真的不願意，我也不勉強。」一滴清淚從她眼角滑下，幸好蔣暮桓背對著她，沒看見她落淚的模樣。

「璃兒，既然妳希望我陪妳去，那我就和妳一起去面對，就算這次行動我們都會被李斯所殺，我還是會像以前那樣保護妳。」雖然蔣暮桓沒有轉身，也能感到背後傳來濕潤的感覺，聽她說話哽咽的聲音，他就知道她哭了，除了她得知月河死訊的那天，這兩年來她都沒留下一滴眼淚，他知道她只是故作堅強，不想讓人見到她軟弱的一面，但骨子裡她仍然只是個小姑娘而已，要她獨自去面對這一切，確實太過殘忍，雖然他不贊成她的作法，還是不忍心拒絕，他握著她的手，道：「因為在我心中始終相信，當初那個小姑娘並沒有死，有一天她還是會回來的。」

「謝謝你，暮桓。」月璃落下欣喜的眼淚，很高興他答應與她同行，雖然她也能請張良另外指派一個人保護她，可是她真正希望和她一起去的人是他蔣暮桓。她在心底暗暗發誓，這是最後一次了，等到這次事件結束後，無論結果如何，她都將不再插手政治。

在蔣暮桓離開之後，月璃一個人又在桌案前坐了許久，她在沉思對付李斯的辦法，如果真的不幸對上他，有沒有什麼辦法，可以在不被他吸走星魂的情況下逃生。

思前想後，她都想不出一個萬全之策，黎明前，她突然靈機一動，從枕頭底下拿出一個布包，攤開來，拿出裡面包著的羊皮。這是當初她從師父房裡找出來的東西，雖然她曾翻來覆去檢查過無數次，羊皮上沒有任何字與圖案，可是她覺得藏在范蠡留下的竹簡中的羊皮，一定有什麼祕密，否則白年洲不會這麼小心的收藏。

她將羊皮靠近桌案前的油燈，想仔細瞧瞧，是不是有什麼蛛絲馬跡，被她給遺漏的。突然，她覺得羊皮的反面摸起來比正面還要厚，她用手仔細的去摸，有一種滑滑的觸感，好像上面塗了一層蠟。

靈機一動，她把羊皮放在油燈上方烤了一下，突然上面浮現出幾行小字，她把羊皮湊到油燈下，看到上面刻著：「星魂，乃人的命星投射，有餘者損之，不足者補之，方能挪為己用。」

「星魂可以挪為己用」這句話的意思，應該指的是吸取他人的星魂之力，以彌補自己星術之力的不足，就像李斯吸取他人的星魂，用來補充自己耗損的星術之力一樣，這就是他之所以可以一直使用星術之力的緣故。

范蠡在手札裡有提到，他曾經也使用過吸取他人星魂的禁法，而這塊羊皮又是從他的手札裡發現的，可見這上面記載的一定是如何吸取他人星魂的方法，范蠡大概是不想此法被後人拿來亂用，又覺得毀去實在可惜，才用蠟將這段文字密封起來，想不到還是被月璃發現了。

如果她也懂得如何吸取他人星魂的方法，或許就能拿來對付李斯，正所謂「以彼之道，還施彼身」，這樣如果將來真的對上李斯的話，也能多一分勝算。雖然蔣暮桓懂得心劍，李斯無法吸取他的星魂，但這並不代表李斯無法改變他的未來，如果李斯讓蔣暮桓死亡的未來提早實現的話，那他還是有可能會喪命的。

為了她自己，也為了蔣暮桓，她必須學習這個被范蠡列為禁忌的術法，只要她是用在正途上，也不算是危害天下。

根據羊皮上的記載，如何吸取星魂的關鍵，應當就在「有餘者損之，不足者補之」這幾個字裡，這是《老子》裡的話，她想來想去還是不明白到底要怎麼用。

然而這「有餘者損之，不足者補之」究竟是甚什麼意思？她一直到了行動的前一天，都還沒能想通。

第十章

塵埃落定

（一）

她不知後世會如何紀錄這段歷史，但秦始皇是死於一場宮廷政變，而這場宮變的導火線就是趙高。

月璃其實並沒有介入太多，因為局勢總會朝著它應有的走向去發展，而主導局勢發展的就是人，換言之，如果你想要主導局勢，只要掌握人心即可。

這個道理是她後來慢慢領悟出來的。

終於，秦始皇出巡的日子終於到來，這年十月秦始皇出巡的隊伍將從咸陽出發，根據張良派出的探子回報，出巡的第一站是雲夢，而他們決定在咸陽往雲夢的路上，派一隊人馬假裝襲擊秦始皇的車輦，藉機引開隨行的趙高和李斯，好讓月璃有時間按照計畫進行。

這一天終於來臨，就在秦始皇出巡的隊伍浩浩蕩蕩的離開咸陽城沒多久，韓信親自率領幾百人埋伏在出巡隊伍必經之地。

韓信一聲令下，那幾百名訓練精良的戰士，一齊殺了出去，一時黃沙漫天，烏雲蔽日，只聽得殺聲四起，守護秦始皇車輦的侍衛們不斷的喊：「保護皇上」，戰局十分混亂。

月璃坐在山坡上的一個亭子裡，不疾不徐的彈著古琴，山坡下的戰鬥場面完全無法影響她的情緒，任憑山坡下黃沙漫天、殺聲四起，她仍氣定神閒的坐在亭中彈琴。

蔣暮桓站在她身邊守護，他心忖，如果是換了以前的月璃，聽到山下擂鼓震天，一定早嚇得魂不附體，而如今的她居然可以像沒事一般的彈琴，這些年她還真是改變了不少。

即便如此，他還是懷念以前那個月璃，因為現在的她，有時候變得連他都認不太出來了。

「妳要等的人真的會來嗎？」等她一曲彈畢，蔣暮桓抓住空檔問。

「放心好了，韓信會趁亂將趙高引到上山坡的這條小路上來，只要他聽到我的琴聲，一定會好奇上坡一看，我們只需以逸待勞即可。」月璃說完，又繼續彈奏了起來。

「要是有別的人跟來怎麼辦？」這才是蔣暮桓擔心的，他們只有兩個人，萬一來的不是趙高而是蒙恬，他也沒把握是否能戰勝蒙恬。

「這就是為什麼需要你守在這裡。」月璃沒有停下彈琴的動作，只是微微的朝他一笑，她今天沒將頭髮包裹起來，白色的髮絲隨風飛揚，看起來就像銀色的瀑布。

又彈畢一曲，月璃將手從琴弦上挪開，轉頭瞧著身旁的他，緩緩開口道：「暮桓，如果等會兒不幸遇上李斯，你無須為了我與他拼命，有機會逃的話就逃吧。」，她拉起他的手，又道：「如果我注定今天要命喪於此，我希望你能好好的活下去。」

「妳把我當成什麼人了，難道我是那種苟且偷生，不顧他人死活的那種卑鄙小人嗎？」他聽到這話，臉色一沉，不悅的將手抽了回來，又道：「如果我貪生怕死的話，就不會答應和妳一起來犯險了，既然我來了，除非我死，否則誰也別想動妳一根汗毛。」

「呵呵，我不過隨口說說而已，你用不著這麼激動。」她故做輕鬆的聳了聳肩，她清楚的聽見自己的心跳得越來越厲害，她只希望蔣暮桓不要看出她心中的恐懼才好。

就在此時，遠遠有一抹人影朝他們走來，蔣暮桓緊握手中的長劍，一看來的人是趙高，而且只有他隻身前來，才略為放下了心。

「你們是什麼人，怎麼會在這裡？」趙高走到小亭前停下腳步，打量著月璃和蔣暮桓。他方才經歷了一場打鬥，頭髮散亂，衣服上沾了鮮血和塵土，樣子狼狽不堪。

她起身走出小亭，來到趙高面前，朝他屈膝施禮，嘴角微微上揚，笑道：「中丞相大人，小女子月璃有禮。」

「中丞相？這位姑娘，妳是不是認錯人了？我只是一名中車府令而已，離丞相之位還差得遠呢。」趙高雖然略感吃驚，眼裡浮現一抹笑意，看起來還是頗高興別人這麼稱呼他的。

「只要趙大人願意，將來中丞相之位就是你的，而且中丞相遠比現今的左右丞相職權都還要高，趙大人可別跟我說你不感興趣。」月璃輕輕的笑了笑，他的反應都在她都看在眼裡，而且跟她預期的一模一樣。

趙高果然是一個貪戀權位的人，而且已經覬覦李斯的丞相之位已久了。

「哦，妳一個小姑娘能有什麼辦法？可別是誑騙我的。」趙高有點瞧不太起她。

「只要秦始皇一死，你擁護胡亥即位，這一人之下萬人之上的權勢，唾手可得，連李斯的地位都不及你。」月璃說完，便從懷中取出一瓶藥，走到趙高面前，把瓶子遞到他面前。

「姑娘這是何意？」趙高問。

「這是據傳能夠讓人長生不老的仙丹，至於是真是假無人知曉，倘若秦始皇服食仙丹而身亡，那麼也與趙大人無關，你說是麼？」月璃輕輕的笑了一下，這是個充滿算計的笑容。

「謀反可是大罪，姑娘如何說出這麼大逆不道的話來？」趙高嘴裡雖然這麼說，嘴角卻微微揚起。

「耶，服食仙丹本有風險，怎麼說得上是謀反？如果趙大人想要放著榮華富貴不要，那小女子也無計可施，秦始皇總有一天會百年歸老，若他傳位給一向討厭你的長子扶蘇，那趙大人的前途可就堪虞，別說中車府令官職能否保得住，你一家的身家性命恐怕也是風雨飄搖，榮華富貴與地牢，就任憑趙大人選擇了。」月璃知道他已心動，故意加油添醋刺激他。

「姑娘就當今日沒見過我，我也沒見過姑娘。」趙高猶豫了一會兒，還是將她手中的藥瓶接過了，他嘴角也浮現一絲詭異的笑容，看起來他應該知道要怎麼做了。

「當然。」月璃點點頭。

趙高將藥瓶收入袖中，就轉身離開，沒有多做停留。

「妳怎麼知道他會收下？」蔣暮桓好奇的問。

「他早有奪權之心，我只是給他一個台階下罷了。」月璃望著他漸漸遠去的背影，心中已有所盤算。

「萬一他回去沒有照辦，反而在秦始皇面揭發我們怎麼辦？」蔣暮桓知道趙高此人一向攻於心計，反過來咬他們一口也不是不可能。

「放心，我們一定會成功的，因為我不允許失敗。」月璃對此很有把握，說完，她便集中精神在趙高遠去的身影上，沒多久她便看到他的星魂，是暗黑色的光芒，她將雙手合十抵住下巴，輕輕閉上雙眼，將注意力集中在她日前觀星時，在趙高的命星上所看到的那個未來。

她看到秦始皇口吐黑血倒在車廂內，而趙高就在他的身邊，露出猙獰的表情。這個未來雖然已經清晰，可是仍有些閃爍不定，她將注意力全部放在這個未來上，她希望這個未來成真，她將這個未來召喚出來，在她心靈之力的作用之下，這個未來漸漸成真，直到完全變成清晰的畫面，她才緩緩的將自己的心靈力量收回。

當她在施法的時候，完全沒注意到她的星魂綻放一種耀眼無比的光芒，即便在白日仍然看得清清楚楚，將她的行蹤洩漏了出來。

「妳在做什麼？」蔣暮桓並沒察覺到她施展星術之力，只覺得有一種不好的預感湧上心頭。

「沒什麼，我們回去吧，此行的目的已經達成。」

正當他們兩人從另外一條路下山坡時，有一個預料之外的人正在山坡下等著他們。

那人正是李斯，他正朝他們露出魔鬼般猙獰的微笑。

(二)

「我真該謝謝妳幫了我這麼大一個忙。」李斯顯然正在等他們，他嘴角微微揚起，這個笑容令人毛骨悚然。

「是你。」月璃用冰冷的聲音道，一見到李斯，她心中的憤怒、怨恨全都湧上心頭，這些年來她作夢都想報仇，現在這個仇人就站在她的面前。

「李斯，你怎麼會在這？」蔣暮桓對他的出現感到頗為意外。

「我本來也找不到你們的行蹤，剛才山下的襲擊我就覺得不單純，那群反賊襲擊了車隊之後，很快的便撤退了，感覺像是調虎離山之計，隨後我又看到這小姑娘的星魂如同白晝一般耀眼，我就知道這次行動是由你們策劃的，而妳居然利用星術之力，讓秦始皇的死成真，這可幫了我一個大忙了，所以我是特地過來向月璃姑娘道謝的。」李斯的眼神就像豺狼虎豹看到獵物那樣，露出貪婪的光芒。

「看來是我太大意了。」白年洲曾經告誡過她，施展星術之力會讓星魂綻發出耀眼的光芒，所以一再告誡她不可輕易使用，她只想著要實現自己的復仇計畫報仇，一時給忘了。

「什麼意思，璃兒，難道妳方才對趙高使用星術之力？」蔣暮桓吃驚的望著她，他並沒有察覺到她剛才在使用心靈之力。

「她用星術之力，讓趙高以丹藥謀害秦始皇的未來成真，這個未來已經很明確了，現在就等待時間一到，這個未來就會成真。只要秦始皇一死，我和趙高聯手擁護胡亥即位，就能獲得比現在更大的權勢，說起來我還真該感謝妳。」李斯朝她微微一笑。

「趙高的權勢最終會凌駕在你之上，他和胡亥的交情甚過於你，你想胡亥會聽他的多一些，還是聽你的多一些？」月璃並不是沒有想過，秦始皇一死對李斯也會有所好處，但是她看到更深遠的那個未來，就是李斯失去權勢的那一天也將會隨之到來。

「哈哈，沒錯，以趙高的野心和心計，的確很有可能，但是妳忘了我也是星術師，也有能力改變這一切。」李斯胸有成竹的笑道。

「但你不能改變你的未來，星術師只能改變別人的命運，卻不能改變自己的。李斯，我為了替我父親報仇，已經籌劃了多時，你別妄想阻止我。」月璃的眼神變得兇狠，紫色的雙瞳變得更加深邃，彷彿是從地獄前來索命的魔鬼。

「李斯，月璃的父親真的是你害死的麼？」蔣暮桓有時真的希望這只是一場誤會。

「哈哈，沒錯，這一切都是我一手策劃，包括微服出巡到月家村避雨那件事，也都是我精心設計的，為的就是要讓她的星術之力完全發揮出來，我再吸取她的星術之力，這樣我就能成為天底下力量最強大的星術師，再也沒有人能阻止我一統天下的大計了。」李斯說完仰頭大笑，似乎對她的轉變非常滿意。

「李斯，你這個變態，我一定要為我的父親報仇，為我的家人討回公道。」月璃忿忿的道。

李斯在她還沒釋放出星術之力時，快她一步，他雙手微張，星術之力就像是一張羅網，快速的朝月璃籠罩而來，那張網彷彿有股吸力似的，要將她體內力量魂給吸食殆盡。

月璃措手不及，她一聲驚叫，雙手抱頭蹲在地上，臉整個扭曲在一起，非常痛苦的樣子。

蔣暮桓見狀，連忙使出心劍，他手捏劍指以劍氣朝李斯的攻去，他的劍氣起初被李斯的心靈力量給擋了回來，後來他又催動功力，加強了心劍的力道，不論李斯怎麼抵擋，他還是硬生生的在他釋放出來的那張心靈網子上，鑽了一個洞，雖然只是很微小的一個洞，卻給了月璃逃脫的空檔。

她忍著全身彷彿被撕裂般的痛楚，冷汗不斷的從她額上滑下，她用手撐著地面，支撐身體讓自己站了起來。

這時卻見李斯凝視著蔣暮桓，他的雙眼綻放出詭異的火紅色，足以將一切燃燒殆盡的紅，隨著他眼睛所綻放出來的光芒越來越強烈，蔣暮桓劍指所凝聚而成的劍氣就越來越微弱，最後只聽到他一聲哀嚎，整個人像被抽乾了全身力氣那樣，跪倒在地，氣喘吁吁。

「哈哈，雖然雖然你的心劍很強，但是你也只是一個普通人，而我天賦異稟，哦，順道一提，我還有一個特殊的天賦，一個不同於任何一個星術師的天賦，就是可以將他人的能力挪為己用。」李斯說完，他學蔣暮桓捏起了劍指，一道劍氣從他的指尖凝聚，發出耀眼的劍光。

「這不可能。」蔣暮桓喘著氣，雙掌貼地，勉強支撐身體不倒下，他抬起了頭，難以置信的看著李斯，想不到他苦苦修煉十幾年的心劍，就這樣被他盜用了，想起來真是不甘心。

「這沒什麼不可能的，親愛的孩子，這都要感謝白年洲那老傢伙，他的星魂真的提供了我許多能量，讓我的力量越來越強，我現在可以輕易看穿人的所有未來，選擇要讓哪一個未來成真，只要我喜歡。」李斯居高臨下的望著蔣暮桓，就像是皇帝一樣不可一世，他的臉上露出一個得意的微笑。

「璃兒……對不起……我無法再保護妳了……」蔣暮桓感到體力迅速的流失，他不知李斯是如何辦到的，他現在是一點力氣都沒有了，他想站起來卻雙腿發軟，不聽使喚。

「到現在還惦記著這小丫頭啊，看起來你真是對她情深意重啊！」李斯笑著注視著他，在他身上搜尋著他所有可能成真的未來，又道：「你根本犯不著為她這麼拼命，你當初也只是奉命前去保護她而已，現在你的任務已經結束了，我很快就會送你們到黃泉團聚，哈哈。」他恐怖的笑聲迴盪在四周，蔣暮桓和月璃全身的雞皮疙瘩都掉了一地。

正當李斯洋洋得意，忙著對付蔣暮桓時，月璃也沒閒著，她突然想起范蠡留下的羊皮上所記載吸取星魂的方法，「有餘者損之，不足者補之」，她原先一直想不明白，這到底是什麼意思？直到看到李斯，奪走蔣暮桓的心劍能力後，她才突然開竅。

原來竟是這樣！

「想知道你是怎麼死的嗎？你將被自己一向視為大哥的項羽所殺，就是你上次去牢裡拼命想要救出的那個人，呵呵，實在太有趣了，可惜我現在就要讓這個未來提早實現，看不到你被兄弟背叛時的有趣表情，真是太可惜了。」李斯緩緩張開雙手，他催動自己的星術之力，他的星魂綻放出耀眼的光芒，此時太陽正緩緩的西沉，火紅色般的夕陽照在他的身上，更顯得有如鬼怪一般的妖魅。

在那一瞬間，蔣暮桓以為他自己死定了，閉目等待死亡的到來。

就在李斯將自身的星術之力推到最頂峰的同時，月璃做了一件與他完全相反的事，她閉上雙眼，讓自身的星術之力像水一樣從體內流了出去，一瞬間，她的星魂的光芒漸漸的減弱，弱到像螢火蟲的螢光一樣。

就在此時，一強一弱的兩股力量，形成兩股極端，突然強的一方受到弱的一方吸引，李斯星魂中所蘊藏的力量，正一點一滴的流到她的身體裡。

「這是怎麼一回事？」李斯也察覺到不對勁，他想要收回自己的力量，卻已經太遲了，就像有一股吸力把他的力量從他體內吸走，而月璃感到體內正充斥著一股前所未有的力量。

這就是老子智慧的精髓：柔弱勝剛強，損有餘而補不足。簡而言之，就是放掉自身最耀眼的光芒，才能成就更強大的能量。

「怎麼樣，力量被吸走的滋味如何？」月璃微微的笑道：「這吸取他人星魂的禁忌之法，不是只有你才會。」

「怎麼可能……」李斯的話還沒說完，只聽得他慘叫一聲，他的星魂被月璃給吸收了去，最後他無力的蹲在地上，大口大口的喘著氣，就像在岸邊垂死掙扎的魚一樣。

月璃吸收了李斯的星魂之力，身體也不再感到疼痛，反而覺得自身充滿活力，她走向李斯說道：「我沒有將你的星魂吸取殆盡，因為我要留你一條命，在我促成的那個未來裡，你李斯終將死於趙高之手，而你再也沒有力量可以阻止這個未來。」

李斯以極微驚恐與憎恨的目光，瞪視著她，月璃只是輕輕的笑了一下，對這個結局十分滿意。她走到蔣暮桓身邊，將他扶了起來，他被李斯吸走的心劍能力，此時也回到了他的體內，他不再感到虛弱，身子恢復如常。

「這是怎麼一回事？」蔣暮桓瞪大了雙眼，難以置信的望著她，幾時她也學會吸取他人的星魂。

「這個嘛，都得歸功於我在師父房裡發現的范蠡手札呢，裡面可記載了不少的祕密，回頭我再慢慢說給你聽。」她笑著，挽著他的手慢慢的走下山坡。

夕陽也緩緩的沉沒在地平線之下，黑夜即將來臨。

（三）

秦二世二年。

咸陽城市集，是整個咸陽最熱鬧也最繁華的地方，除了來往的商旅，還有各式各樣的小攤販，來來往往選購的民眾絡繹不絕。然而今天卻是有點不尋常，雖然市集廣場中央的佈告欄每天都會張貼新的告示，不是官府又要通緝哪個殺人犯，就是哪個位高權重的臣子又要謀反，來來去去都是這些陳腔濫調，路過的小老百姓也大多都不太會停下腳步去看這些無聊的告示，對他們而言，廣場兩旁的小攤販更吸引他們的目光一些。

今天的佈告欄前，卻擠滿了好奇圍觀的民眾，一群人對著佈告欄貼著的畫像十分感興趣，人們對著那張畫像七嘴八舌紛紛議論起來。

「哇，官府懸賞的居然是一名小姑娘。」一名年輕男子望著告示牌說道。

「真是世風日下啊，現在居然連小姑娘都出來打家劫舍了。」一民老婦人老眼昏花，根本沒看清楚告示上面的字，就胡亂猜測。

「什麼打家劫舍啊？這位大娘，拜託妳看清楚點好嗎？官府可是出了重金要禮聘她啊，我看八成是能人異士之類的，秦始皇就是喜歡招攬些方士，現在剛登基的新皇搞不好也有這種嗜好。」方才那名男子摸摸下巴，若有所思的說。

「能人異士？她看上去不過就是一名十三、四歲的小姑娘而已嘛，朝廷禮聘她能幹啥？」那名老婦人搖搖頭，不太相信那名年輕男子的推論。

「我看搞不好當今皇上看上了她，要找她進宮當妃子的，哈哈。」另外一名色瞇瞇的老頭笑著說，他看著畫像不禁幻想了起來。

「都別吵了，你們看，畫像上的小姑娘的頭髮居然是白色的，而且她的眼睛還是紫色的。」另外一名年輕女子，像是發現了什麼驚奇事物似的，指著畫像大聲叫嚷了起來。

她這麼一叫喊，原本討論的聲浪全都安靜了下來，等到圍觀的民眾看清了這幅用彩色顏料繪畫而成的畫像時，才發現畫中這名女子長得還真是不尋常。

驚訝過後，大夥兒又開始對著畫像七嘴八舌討論起來。

這時，只見一人手持著長劍，一臉的怒氣，向圍觀的民眾大聲喊道：「不想死的，就給本少俠讓開。」

「幹什麼呀！大白天的拿著劍，想砍人呀！」圍觀的群眾見他手裡拿著劍，也不敢攖其鋒，深怕一個不小心就被他的利劍給傷到了，紛紛的往兩邊退開。

這個人就是蔣暮桓，他也不理會一旁的人說了些什麼，他以手中長劍逼迫圍觀的民眾讓道，逕自走到告示牌前，一把將上面那幅畫像給撕了下來。

一旁的兩名官兵看到了，連忙上前想要追捕他。

「小子，好大的膽子竟敢撕告示，快站住！」那兩名官兵拿著刀朝他追趕過來。

一名官兵使出吃奶的力氣，勉強的追趕上他，一上前就拿起刀朝他胸口砍去。

蔣暮桓身法飄逸，只旋身一閃，就躲過了這致命的殺招，另一名官兵也追了上來，二話不說提刀就朝他亂砍。

他眼見市集人多，若在此動起手來恐怕殃及無辜，況且他的目標只是在奪畫像，並非是要取這兩名官兵的性命，決定虛晃一招便罷，不想拔劍與他們纏鬥，況且從兩人拙劣的身手來看，若他較真起來，他們恐怕連一招都抵擋不住。

「小子，你可知私下撕皇榜乃是死罪，還不跟我們到衙門去。」其中一名官兵說道。

另一名官兵不等他回答，又一刀朝他背後空門砍去，他手握著劍，凝神專注在即將落下的那一刀上，手中的劍尚未出鞘，一道劍氣就已將那官兵手上的刀斷成兩截了。

「哐噹」一聲，那人手中的刀立刻變成兩截廢鐵，驚得那人原地一愣，口中喃喃自語道：「你什麼時候出的劍，怎麼可能？」

站在蔣暮桓面前的官兵，眼見同伴的刀被斷，雖然心中也同感驚訝，但仍不甘示弱，又舉起刀朝少年左肩砍去。

「哈哈，拿刀的姿勢跟殺豬似的，你真應該去當屠夫才對。」他無心戀戰，看準那人刀勢走向，身朝後仰巧妙避開刀鋒的同時，一個箭步走到那人身邊，拿劍鞘朝他手腕打去，那名官兵的刀隨即脫手，掉落在地。

蔣暮桓不敢再戀戰，縱身躍上一間房舍的屋頂上，他擔心再不走萬一跑來更多官府人就糟了，這幾個月來他一直很努力低調行事，若非這次官府貼出懸賞她的告示，他才不想跑到這熙來攘往的市集來招搖。

「不要跑，把畫像留下。」那幾名官兵仍不死心，在他後頭邊追邊喊。

只見那他咧嘴一笑，道：「來呀，只要你追得上我，我就把畫像還給你們。」他一說完，縱身一躍，就跳上了對街的屋簷上，對那兩名不會輕功的官兵，做了一個鬼臉，就笑著沿著屋簷施展輕功，不一會兒人影就在遠處消失了。

（四）

蔣暮桓跑到咸陽城西門側，只見那裡停著一輛馬車，在前頭駕車的車伕朝他招了招手。

「咦，張良先生幾時也變成馬車伕了？這要是傳了出去，可就成了天下奇聞了。」他揚起嘴角笑道，見到他在此，並不感到意外。

「當然不是人人都有這個殊榮的，那得看坐在車上的人是誰？」張良笑著跳下了車，走到後面的車廂，掀開車簾。

月璃把頭探出車廂外，朝蔣暮桓笑道：「你這麼遲才來，我還以為你不會來了呢。」

「怎麼會呢，說好要一起離開咸陽，我豈會失約？」蔣暮桓高舉手上的畫像，笑道：「吶，我這不是為了準備臨別的禮物，所以來遲了。」

「禮物？」月璃瞧著他手中的畫紙，瞧那紙質、顏色，還有官府蓋在上頭的戳印，一看就知道這是通緝的榜單，只見她沉思了一會兒，又笑道：「原來如此，想不到我又再次成了官府通緝的對象啦，不過你揭了榜單不要緊嗎？沒有被人發現？」她略微站起了身，朝身後瞧瞧，並無人追過來，她才放下心來。

「蔣兄弟可真是有心，還專程去揭下這榜文，不過這麼做也無法取消官府的通緝令，反而會讓你成了官府另一個通緝的對象。」張良蹙了蹙眉，想不出這麼做究竟有什麼好處。

「有什麼好怕的，自從李斯那傢伙失去了星術之力後，再也不能為非作歹，一如璃兒所預料的那樣，秦始皇在出巡的路上被趙高給毒死了，趙高和李斯就擁立胡亥繼位，趙高一奪得權位之後，首先對付的就是騎在他頭上的李斯，現在可好秦始皇死了，李斯也亡了，咱們以後也沒什麼好忌憚的。」蔣暮桓聳了聳肩，並不以為意，他把手中的榜文捲成一個紙捲，交到月璃的手中，微笑道：「這個就給妳留個念想吧。」

「呵呵，是啊，這麼特別的禮物，可不是人人都能有的。」她接過紙卷，苦笑道，她原本就是官府通緝的對象，只不過又多了一個名目而已。

「想不到連趙高也想得到姑娘的幫助，想必是那時他已經知道了姑娘的特殊能力，也有可能是李斯告訴他的，不論如何姑娘以後還是小心為好，以免落入有心人的手中。」張良為她的處境感到憂心。

「不用擔心，這不是有我在嘛，不會有人能傷到她的。」蔣暮桓信心滿滿的拍拍胸脯保證，又向張良道：「先生也是要離開咸陽？」

「是啊，主上和項羽正準備攻入咸陽，子房身為軍師，自然是要趕去會合，眼下順路，就順便送月璃姑娘一程。」張良道。

「那先生就與璃兒一同坐車廂吧，我來駕車就好。」蔣暮桓說完就跳上車，握起韁繩，兩匹馬不耐煩的踢踢蹄子，低聲嘶鳴著。

「那就有勞蔣兄弟了。」張良說完就上了車，與月璃一塊坐在車廂裡。

沒多久，車子就往前駛，清脆的馬蹄聲在耳邊響起，她從車窗望出去，咸陽城牆已經漸漸在後頭，越變越小。

「姑娘日後有何打算？」張良問道：「我之前曾向姑娘提議，繼續參與我們的抗秦行動，不知姑娘考慮得如何？」

「呵呵，先生真是不死心，我之前已經答覆先生了，我不會繼續再相助劉大哥，也不會幫助任何一方勢力，我的父仇已報，天下落入誰手，都與我再無關係，這是我曾經承諾師父的，就一定會做到。」月璃轉過頭，朝張良微微的笑了笑。

「是啊，在下雖然知道姑娘心中已有決斷，仍然希望姑娘能夠回心轉意，既然姑娘這麼說，在下也不便強人所難。」張良臉上表情有些失望，不過他仍尊重她的決定。

「我打算去尋找我娘，聽說崔成已經離開咸陽，我娘也跟著離開了，我想四處去打聽一下，有機會就把她給救出來，還有我的兄長和姊姊，我也會一一去尋找。」這是她現在最想做的事。

「這樣也好，有蔣兄弟和妳一起，在下也放心多了。我只能送你們到咸陽城外，那裡會有人接應我，到時候就得分道揚鑣了，日後再見不知是何時？」分別在即，張良有些傷感。

「先生珍重，勿要為我們掛心。」

馬車行駛了許久，車窗外的光線漸漸暗了下來，月璃拉起車窗，見到夕陽餘暉，看來天很快就要黑了。

「城外到了，前面那片林子裡有我們的人，沒想到這麼快就要分別了，這馬車就送給蔣兄弟和月璃姑娘吧！」張良還真有些不捨。

「先生打算步行嗎？」蔣暮桓問道，瞧他一副文弱書生模樣，若是夜晚在樹林行走，那才真叫他放心不下。

「汝等勿要為在下擔憂，前來接應之人自有備馬，反正這馬車也是要丟棄的，並竟離城之後駕車太過招搖，吾等可不想引來秦兵的注意，況且月璃姑娘要去尋訪親人，有輛車還是比較方便的。」

「多謝先生，為我們設想周到。」月璃倒是很爽快的收下了。

「那就在此分別。」張良在前方樹林停下了車，就下車與他們匆匆拜別。

蔣暮桓也下車，跳上了前頭駕駛馬車的位子，拉起韁繩，駕輕就熟的駕馭著馬車，他沒有把車駛進樹林裡，而是走旁邊一條比較寬敞的大路，比起樹林那裡更適合馬車行駛。

「妳尋到妳娘和兄姊之後，有何打算？」蔣暮桓問。

「效法師父退隱吧！我想和我的家人一起過平靜的生活，那才是最適合我。」月璃輕輕的闔上眼，她努力想把這些年發生的事全都忘掉，然而每當她一閉上眼，以前的回憶統統都浮上心頭，特別是李斯那深沉的雙眸，是她心頭的一抹陰影，無論如何都揮之不去。

「嗯，這樣也好，白老要是知道，一定也會很欣慰的。」蔣暮桓點點頭，似乎也同意她的選擇。

「那你呢？」月璃輕聲問道，其實她有點怕聽到他的答案，她雖然清楚蔣暮桓是不會半路拋下他去追尋自己的前程，但他始終與她非親非故，不可能永遠都在她的身邊。

「自然是與陪妳去尋親。」他想也不想的就脫口而出。

「那尋到之後呢？」她其實是想問之後的事。

「不知道，沒想過，走一步算一步，到時候再說吧。」他聳聳肩，雲淡風輕的答。

「我看過你的命星，是難得一見的將星，如果跟隨劉大哥去成就一番功業的話，將來必能封侯拜相。」月璃說這話的時候，鼻頭有點酸酸的，聲音也有些哽咽，畢竟他們倆已經相處這麼久，一同出生入死，若是他果真捨她追求前程而去，她心中還真有點捨不得；但若不對他說這番話，又覺得於他有愧，她知道蔣暮桓在遇到她之前是個有抱負的青年，她也和劉邦、項羽那些人一樣，想要在這世上成就一番功業。

遇到她之後反而事事以她為重，她知道蔣暮桓是個重情的人，他並非是不想成就一番功業，而是放心不下她一個人罷了。

月璃想到此處，手揪著裙擺，決心想將他的命運告訴他，至於他如何抉擇，那就是他自己的決定了。

「這我早就知道了，初次見面的時候，妳就說過了嘛！」他不以為意的笑了笑，他沒有轉過頭去看她，他心裡也和她一樣都不想談這個話題，他心裡一直有個聲音要他追隨劉邦上戰場，畢竟能否推翻秦的暴政，就看接下來這一役，但他只要望著月璃時，總是不忍心離開她。

正因為知道大戰在即，她一個弱女子孤身上路總是危險，更不用提趙高正懸賞捉她，無論如何他都不會捨棄她的。

「不是那個時候，我最近又幫你看了一次，這個未來越來越明確。男兒在世上應當帶三尺劍，建不世之功，難道你就不想成就一番功業麼？放棄自己的大好前程，就只為了守在我這個小女子身邊？」月璃鍥而不捨的勸說。

蔣暮桓一聽這話，連忙收緊韁繩，將馬車駛到路旁，轉身一臉嚴肅的望著她：「妳居然又瞞著我偷偷的使用星術之力，妳難道忘了白先生在退隱前吩咐妳的話了麼？」她又不是不知，使用星術之力會削減她的壽命，她居然還敢用。

「自從李斯死後，我就只用了這麼一次。」月璃苦笑道，她曾答應他報了復仇之後，絕不再用星術之力，可是她實在是忍不住。

「璃兒，我知道妳是為了我好，可是妳知道嗎？」蔣暮桓掀起車簾，從駕駛座爬到車廂內，在她身前坐下，輕輕的握住她的手，繼續說：「打從我們見面的那一天起，我們的命運就已經緊緊相繫，雖然我不是什麼星術師，也沒有妳那種與生俱來的天賦，但我就是知道，我們此生無論生死都將在一塊兒。我，蔣暮桓，為妳出生入死，心甘情願。」

月璃聽了他這番話，淚水在眼眶打轉，她從沒想到她在他心中竟是如此重要，她注視著他的雙眼，良久才開口：「我是星術師，除了劉邦、趙高，也許還有其他勢力想要得到我的力量，你和我在一起，恐怕受我牽連，暮桓，我不想連累你。」

「別再說什麼連累不連累的話，我從小就是個孤兒，璃兒，妳對我來說就像家人一樣，我是不可能拋下妳自己走的，況且，就算沒有我，我相信劉大哥他們也一定能打勝仗的。」蔣暮桓朝她笑笑。

月璃被他握住的手，一股暖意由掌心流遍全身，讓她覺得很安心，她也朝他點頭笑了一下：「既然如此，那就快趕路吧，天就要黑了。」

「遵命。」蔣暮桓說完，就回到駕駛座，一聲吆喝，馬車再度前行。

月璃並沒有告訴他，她其實還看到了另一個可能的未來，如果蔣暮桓繼續留在她的身邊，將會死於非命；不過她心裡清楚，只要她遠離政治上的鬥爭，他們倆人都能平安無事。

世事本就難料，即便是能夠預測未來的星術師，也未必就能確切的掌握所有人的命運，經歷這麼多事，她只希望能和她所重視的人在一起，其餘的都不重要了。

也許有一天她會再回到咸陽城，而這裡也將改朝換代。

月璃望著車窗外頭，周遭景物迅速往後退，樹木都變得渺小，回想這幾年發生的事情，有如一場夢一樣，這一切對她來說都已經成為往事了。

（全書完）

釀冒險62　PG2852

星術少女

作　　者　曾珮琦
責任編輯　石書豪
圖文排版　黃莉珊
封面設計　陳香穎

出版策劃　釀出版
製作發行　秀威資訊科技股份有限公司
114 台北市內湖區瑞光路76巷65號1樓
電話：+886-2-2796-3638　傳真：+886-2-2796-1377
服務信箱：service@showwe.com.tw
http://www.showwe.com.tw
郵政劃撥　19563868　戶名：秀威資訊科技股份有限公司
展售門市　國家書店【松江門市】
104 台北市中山區松江路209號1樓
電話：+886-2-2518-0207　傳真：+886-2-2518-0778
網路訂購　秀威網路書店：https://store.showwe.tw
國家網路書店：https://www.govbooks.com.tw
法律顧問　毛國樑　律師
總 經 銷　聯合發行股份有限公司
231新北市新店區寶橋路235巷6弄6號4F
電話：+886-2-2917-8022　傳真：+886-2-2915-6275

出版日期　2022年10月　BOD一版
定　　價　290元

版權所有・翻印必究（本書如有缺頁、破損或裝訂錯誤，請寄回更換）
Copyright © 2022 by Showwe Information Co., Ltd.
All Rights Reserved

讀者回函卡

Printed in Taiwan

國家圖書館出版品預行編目

星術少女 / 曾珮琦作. -- 一版. -- 臺北市 : 醸出版, 2022.10
面 ; 公分. -- (醸冒險 ; 62)
BOD版
ISBN 978-986-445-728-1 (平裝)

863.57 111014346